KB018202

나는 거꾸로 된 나무입니다

일러두기

* 분위기를 살리기 위해 프랑스어를 넣은 곳도 있고, 프랑스어로 말했으나 독자의 가독성을 방해하지 않기 위해 한국어로만 쓰인 곳도 있습니다.

나는 거꾸로 된 나무입니다

Je suis un arbre à l'envers.

배진시 다큐소설

책과나무

나와 타인은

날실과 씨실로 엮여 있다.

행복과 불행도 그러하다.

삶과 죽음도

그러하다.

타인의 고통을

외면해선 안 되는 이유이다.

이 책을

나를 온 사랑으로 키워 주신

내 엄마께 바칩니다.

프롤로그

입양인 아닌 우리들의 이야기

1985년 전체 출생아의 1.35%, 1986년에는 1.36%가 입양되었습니다. 1980년대에 해외 입양 수가 정점을 찍은 이후 해외 입양된 한국인들이 중년이 되어 나이 든 한국 부모가 죽기 전 한번 보고자 2000년대부터 물밀 듯이 찾아오고 있습니다.

그중엔 회사원, 점술가, 알코올중독자, 의사, 건축사, 선생님, 점원, 사진작가, 만화가, 실업자 등이 있습니다. 누군가는 부모를 찾았고 누군가는 못 찾았습니다. 누군가는 여행 삼아 오고, 누군가는 모은 모든 돈을 털어 힘겹게 오기도 합니다.

그들은 외국인이며 한국인입니다. 그들을 입양인이라 부르지만 한국이 만들어 낸 신인종입니다. 운명처럼 돌아오게 된 그들은 한국에서 어떤 여정을 밟고 돌아갈까요? 언젠가 한국의 해외 입양이 멈춰지고 백 년 후쯤 그들이 사라지면 '입양인'이라는 이름은 마추픽추의 유적처럼 묻혀 버릴까요?

거대한 숲에 홀로 피어 있는 작은 꽃을 들여다보듯 역사의 흐름 속에 잠시 멈추어 그들의 회환을 듣고자 합니다. 어느 지방 화려한 펜션 여행도 좋지만 잘못 든 길에서 우연히 만난 사람의 이야기를 듣게 되는 것도 여행의 일부이듯, 저도 그들의 이야기를 듣고자 합니다. 다름 아닌 우리들의 이야기니까요.

2023년 7월 배진시.

목 차

I

뤽(Luc) 이야기
화성에 간 일곱 살 효길이

아버지 이야기

1950년 경상북도 영덕 오천, 더운 여름이었어. 큰형은 배고픈 지옥을 일찌감치 탈출해서 생사도 모르고, 누나와 형들은 나무껍질도 뜯어 먹고 냇가의 물도 퍼마시다가 배앓이를 한 후 다 죽었어. 병으로 죽었는지 배가 고파 죽었는지, 엄마는 몇 명을 어디에 묻었다는 이야기도 안 했어. 하면 뭐 해. 가슴에 묻었겠지. 마음 아픈 이야기는 차마 입 밖으로 꺼내지도 못하잖아.

그렇게 나 하나 남았어. 엄마 품에 남은 건 나 하나였는데, 집에는 쌀 한 톨 보이지 않았어. 썩은 감자도 다 먹었고. 나는 엄마 품에서 죽어 가고 있었지. 한국전쟁 중이었는데 군인들도 배가 고픈지 알아서 떠돌아다니며 짐승을 잡아먹었어.

그러다 북한군이 집에 쳐들어왔지. 훔쳐 갈 게 없으니 대문도 방문도 열어 놓고 살아서 그냥 들어온 거야. 뭐라도 뺏어 먹으려고 온 건데 뭐 훔쳐 먹을 게 있어야지. 집 안에는 배고파 죽어 가는 여자와 어린아이뿐이었는데. 엄마 말로는 군인이 어렸대. 무섭게 생기지도 않았고 빨갱인지 뭔지도 모르겠고, 그냥 어리고 배고파 보였대. 눈이 마주쳤지만 눈에는 살기가 없었대.

그 군인 손엔 오리가 한 마리 들려 있었는데 그 군인은 오리 혀를 쓰윽 자르더니 던져 주고 나가 버렸다고 해. 엄마는 허겁지겁 오리 혀를 끓여 내게 먹였고, 나는 그렇게 살아났어. 그 후로도 나는 해골이란 별명으로 청년기를 보냈어. 내 위는 상한 음식도 소화시킬 만큼 강해졌고, 굶는 날이 많으니 먹을 수 있을 때 먹는 속도도 엄청 빨랐어.

앞집 뒷집 할 거 없이 너나없이 죽어 나가는데 전쟁이 끝나고 홀트라는 미국 사람이 나타나서 아이를 부자 나라에 데려가 밥을 먹여 주겠다는 거야. 한국 부모로서는 한줄기 빛이었고 살려만 주면 어디든 보내겠다는 심정이었어. 당시 미군은 햄도 있고 초콜릿도 있는 나라였어. 이름 없는 풀을 먹다 죽어 나가던 시대에 아이를 굶기지 않는다면 평생 못 보고 사는 것쯤이야 견딜 수 있었지. 눈앞에서 자식이 굶어 나가는 꼴을 다시는 겪고 싶지 않았던 거야.

그렇게 자식을 보낸 부모들은 몸이 부서져라 일을 할 수 있었어. 그렇게 살아야 견딜 수 있었거든. 우린 분단으로 생이별을 한 사람들, 자식을 잃은 사람들, 남은 가족을 살리고 싶은 사람들이었기에 밤낮없이 일하지 않으면 정신병에 걸릴 지경이었지. 그런데 밥 먹고 살 만해졌으니까 이제 해외 입양은 그만해야 하는데, 그간 이루어진 단체들과 발생한 이윤들 때문인지 그 고리가 끊어지질 않고 있어.

미안하다. 젖먹이 어린아이들을 제 부모에서 떼어 내 낯선 곳에 보내서. 얼마나 무섭고 얼마나 서러웠니. 사람인데…. 이유야 어떻든 미안하지. 부모가 되어서 제 자식에게 가슴 가득 서러움과 그리움을 안겼으니.

우리가 다시 떠나보낸 자식을 만나고 싶지 않은 것은 사실 현실을 마주할 자신이 없어서야. 너희를 볼 면목이 없어서. 못난 부모이니까, 제 자식을 거두지 못한 죄인이니까. 그래도 단 한순간도 잊은 적은 없었다. 사랑할 자격이 없어 사랑한다는 말을 못해 미안하다. 설령 미안하다고 해도 네 상처가 아물지 않을 것 같아 미안하다는 말도 안 나온다.

잘 살아라. 잘 살길 바라서 보낸 것이니 그냥 잘 살아라. 혹여나 잘 살지 못했다는 이야기가 들려오면 어린 너의 죽음보다 더한 고통은 내가 받아야 할 죗값이다.

아버지의 장례식

뤽은 아버지의 장례식에 초대받았다. 뤽의 동생 장(Jean)은 한국에 가지 않겠다고 해서 그는 혼자 비행기를 탔다. 가방 속 여권에 장례식장 주소가 쓰인 종이를 끼워 두었다.

이메일을 보낸 미선이라는 여자는 아버지의 (재혼한) 부인의 딸이라고 자신을 소개했다. 약간 어색한 영어로 장소와 날짜가 쓰여 있었다. 장례식은 보통 알리기는 하지만 '초대'는 잘 하지 않는다. 미선이라는 여자는 구글 번역기에 돌린 듯한 영어로 어쨌든 뤽에게 이메일을 보냈다. 한국의 장례식 문화는 잘 모르지만 검은색 정장 한 벌과 구두를 챙겼다.

장례식장엔 영어 표기가 없어 뤽은 한국어로 쓴 '장만수'를 사람들에게 보여 주며 5번 방을 더듬더듬 찾아갔다. 아버지의 사진이 국화꽃 사이에 놓여 있었다. 사람들이 절을 하였지만 뤽은 절을 하지 않았다. 절은 한 번도 해 본 적이 없다. 아무리 관찰해도 사람들 앞에서 능숙하게 절을 할 자신이 없었다. 엎드리다가 코를 바닥에 박아

버릴 것 같았다. 이런저런 생각을 하느라 잠시 사진 앞에 서 있었다.

"신발 벗어야 돼요."

한 아주머니가 와서 뤽의 신발을 가리켰다. 그는 천천히 구두끈을 풀어 신발을 밖에 두고 누가 훔쳐 갈까 싶어 다시 한 번 흘끔 쳐다봤다.

"절하세요."

아까 신발로 참견 아주머니가 또 한마디 했다. 뤽은 한국말을 못해서 입을 다물었고 절을 할 줄 몰라서 뻣뻣하게 서 있었다.

"효길이가 어릴 때 고아원으로 보내졌잖아. 자기 버린 아버지가 뭐가 좋겠어."

"암암, 절을 안 할 만하지."

"그래도 이왕 왔으면 절은 해야지."

사람들이 수군거렸다.

"Bow, bow."

미선이 절하는 시늉을 하며 영어로 말했다.

"I don't know how to bow(할 줄 몰라요)."

뤽이 영어로 대답했다.

"Then follow me(그럼 저 하는 대로 따라 하세요)."

"I don't want(하고 싶지 않아요)."

"Why(어째서요)?"

"Because I'm French(나는 프랑스 사람이니까요)."

"People think you resent your father(사람들이 당신이 아버지를

원망한다고 생각해요).”

“I don't resent(원망하지 않아요).”

“Korean funerals require bowing(한국 장례식은 절을 해야 해요).”

“Actually, I don't want to show my ass to people(사실 전 엉덩이를 사람들에게 보이고 싶지 않아요).”

“풋.”

미선이 웃음을 터뜨리자 사람들이 쳐다봤고, 미선은 얼른 입을 막았다.

뤽은 국화꽃 한 송이를 사진 앞에 놓아 드리고 빈 식탁에 앉았다. 많은 사람들이 즐거운 표정으로 술을 마시기도 했고 몇몇은 조금 슬퍼 보이기도 했다. 검은 옷을 입은 파티 같았다. 곧 얼굴이 붉은 아저씨가 뤽에게 다가왔다.

“유! 헬로우~”

뤽은 앉은 채로 그를 올려다봤다.

“음… 아임… 유어 삼촌, 엉클. 나이스트 미츄.”

술에 취한 남자였지만 영어로 말을 하고는 뤽을 일으켜 세우더니 끌어안았다. 뤽은 그를 밀쳐 냈다. 매우 무례하게 느껴졌다.

“돈 터치 미!”

“너 한국말 다 잊어부렸냐?”

뤽은 그를 무시하기로 하고 다시 자리에 앉았다.

“아버지, 취했어요.”

한 젊은이가 와서 그를 붙잡았다.

"안 취했다. 우리 형님이 효길이랑 동길이를 고아원으로 보내고 다시 만나러 갔을 때 입양 가고 없었다. 우리 형님이 울었다. 우리 모두가, 우리 모두가. 먹고살기 어려워서 효길이가 입양 가는 걸 그대로 두었다. 누님은 밥 먹고 살 만했잖아요. 왜 효길이를 거두어 주지 않았어요?"

"내가 뭘 먹고 살 만해? 내 자식이 셋이야. 애들 아버지가 벌이가 빤한데 조카를 무슨 수로 내가 거둬. 내가 직업이 있어, 친정에서 받은 유산이 있어? 유산은 너희 두 형제가 다 가져가서 날리고 난 빈손으로 시집갔다. 이제 와서 어디 할 말이 없어 떠들어?"

"형님! 형님! 효길이 왔습니다."

남자는 여자의 말은 애초에 들을 생각이 없었다는 듯 대꾸하지 않고 사진 쪽으로 걸어갔다. 그리고 사진 앞에 엎드려 통곡을 하며 울부짖었다. 뤽은 그런 그를 물끄러미 바라보았다. 미선에게 장례식은 언제 끝나느냐고 물어보니, 밤새도록 있다가 내일 아침 화장터로 떠난다고 했다.

밥을 달라고 한 적이 없지만 한 아줌마가 밥을 차려 뤽 앞에 늘어놓았다. 밥과 빨간 국과 떡과 기타 모르는 음식들이었다. 미선이 말했다.

"Enjoy your meal(즐거운 식사하세요)!"

뤽은 얼마냐고 물었더니, 미선은 돈을 받지 않는다고 알려 주었다. 배도 고팠고 공짜라고 하니 밥을 먹어 보고 싶었다. 여러 가지 음식의 맛도 궁금했다.

밥을 먹다가 흘끔 아버지 사진을 바라보았다. 얼핏 생각이 날 듯도 하였다. 목소리는 생각이 안 나지만 한참이나 올려보았던 아버지 얼굴이 실루엣만 어렴풋이 떠올랐다. 흰 쌀밥도 떠올랐다. 다른 음식들은 다 낯설었지만 밥을 천천히 씹으며 어린 시절을 떠올려 보려고 애썼다.

사람들은 제각기 오고 싶은 시간에 왔다. 왔다가 가는 사람들도 있었다. 몇몇은 함께 수다를 떨었고 몇몇은 구석에 누워 있었다. 한국은 꽤 자유로운 나라였다. 술과 함께 떠들거나 먹는 사람도 있었고, 자는 사람, 애도하는 사람 등 모든 것이 같은 공간에서 이루어졌다.

밥을 다 먹어 갈 때쯤, 한 청년이 다가와 손을 내밀었다.

"형님, 저 현종이라고 합니다."

뤽이 떡을 입에 문 채로 올려보고 눈을 끔뻑거리자 그는,

"I am your brother. My name is Hyunjong(저 형님 동생입니다. 제 이름은 현종입니다)."

이라고 영어로 또박또박 말했다. 아버지가 재혼한 부인 사이에서 태어난 아들이었다.

"I am not your brother(나는 당신의 형이 아닙니다)."

뤽은 법적으로 아버지 아들이 아니었기 때문에 그의 형이 아니었다. 뤽에게는 유산을 상속받을 권리도, 한국 국적도 없었다. 현종의 얼굴이 살짝 굳어지려고 할 때, 뤽은 이어서 말했다.

"But nice to meet you(하지만 만나서 기뻐요)."

현종의 표정이 다시 펴졌다. 현종이 흰 봉투를 내밀었다.

"What's this(이게 뭔가요)?"

"Air ticket and lodging fee. Thanks for coming(비행기표값과 숙박비입니다. 와 줘서 고마워요)."

뤽은 봉투를 열어서 하나씩 돈을 세어 보았다. 현종이 넣어 두라고 했지만, 뤽은 고맙다고 답하고는 다시 돈을 세었다. 현종이 난감해했지만 뤽은 얼마인지 알아야 한다고 했다. 300만 원이었다.

"Why are you giving this to me(왜 이것을 나에게 주나요)?"

"I think my father would have wanted it(아버지가 원하셨을 것 같아요)."

"Thank you(고마워요)."

현종은 목례를 하고 사람들 틈 사이로 섞여 들어갔다. 뤽은 다시 아버지 사진을 바라보았다. 고아원으로 어린 효길의 손을 잡고 가던 아버지 왼쪽 어깨가 떠올랐다. 체크무늬 셔츠였다. 뤽은 사진 속의 남자가 생물학적 아버지임에 확신이 들었다. 뤽은 장례식장 입구에 있는 검은 중국 글자(한자)가 쓰인 봉투에 300만 원을 넣어 부의금함에 넣었다.

"Je vous présente toutes mes condoléances(삼가 고인의 명복을 빕니다)."

엄마를 만나다

뤽은 분명 한국말을 하고 글씨도 쓸 줄 아는 한국 나이 일곱 살이었다. 그러나 그 시절은 긴 고통과 함께 옅어져 갔고, 마침내 그는 한국말은 단 한마디도 할 수 없는 이방인이 되었다. '해외 입양'이란 '여행'도 아니고 '유학'도 아니고 일종의 '탄생'이다. 탄생의 고통을 기억한다. 뤽은 신생아가 아닌 어린이였다. 무서웠다. 삶은 이어졌지만 배 속 기억을 잊듯 한국에서의 기억을 잊기란 쉽지 않았다. 자연스럽지 않았기 때문이다.

'입양'을 인터넷에 검색하면 개(Dog)가 나온다. 우리는 개를 '샀다'라고 하지 않고 '입양했다'라고 한다. 자녀를 책임지지 못하는 부모로부터 태어난 많은 아이들은 입양이 된다. 개는 아니지만 사람도 부모가 없으면 입양이 된다. 새로운 부모를 만난다. 운이 좋다고 한다. 먹고살 길이 열렸다고 한다. 그러나 개는 스스로 자기 부모를 찾아 떠나지 않는다.

뤽은 엄마를 꼭 한번 보고 싶었다. 그리워할 만한 추억도 기억나지 않았다. 단지 엄마가 일주일 정도 뤽과 동생을 데리고 있었는데, 동생이 장난을 치다가 창문을 깨자 다시 할머니 집으로 보내졌다는 것을 기억한다. 동생이 창문을 깨지 않았다면 엄마는 형제를 계속 데리고 살았을까. 창문을 깨면 버려지는 것일까.

그는 결혼도 하지 않았고 자식도 없기 때문에 잘 모르지만 창문을 깼다고 자녀를 포기하는 부모는 보지 못했다. 엄마는 애초에 형제를 키울 수 없었지만 창문을 깬 것을 계기로 할머니 집에 보낸 것 같다. 1980년대 한국에서는 수입이 없는 부모가 자녀를 키울 경우 국가로부터 양육수당이 나오지 않았다고 했다. 그래서 해외로 보내는 것이라고 홀트아동복지센터로부터 뤽은 전해 들었다.

1984년 4월 28일 한국을 떠나 2010년 한국을 찾았다. 8월 5일 11시 30분, 은평구청 앞에서 엄마를 만나기로 했다. 엄마 얼굴은 모른다. 한국 친구 다정이가 통역을 해 주기로 했다. 뤽은 두근대는 마음을 안고 기다렸다. 한국 사람은 비슷하게 생겨서 어떤 아줌마가 내 엄마인지 알아볼 수 있을까. 엄마는 할머니 같을까. 얼굴이 클까.

다정이가 어디론가 전화를 걸었다. 꽤 젊어 보이는 날씬한 아줌마가 전화를 받았다. 엄마였다. 뤽의 기억이 불쑥 솟아올랐다. 그대로였다. 발도 땅에 붙었고 눈도 깜빡여지지 않았다. 숨도 쉬어지지 않았다. 엄마는 그대로인데 아들은 엄마보다 더 커졌다. 입술도 붙었다.

엄마가 다가왔다. 뤽을 안았다. 그리고 그녀는 흐느껴 울었다. 뤽은 그녀가 자신을 조금 더 잘 안도록 몸을 낮추었다. 엄마는 아무 말도 하지 않았다. 뤽도 아무 말도 하지 않았다. 울음이 조금 새어 나왔다. 그러고는 마침내 꺼억꺼억 아이 같은 울음소리가 터졌다. 흑곰 같은 아저씨 덩치에 아이 울음이 나오니 기괴했다.

한참을 그렇게 있다가 친척들이 여럿이 함께 왔다는 것을 알았다. 외삼촌, 외숙모, 이모부, 이모, 사촌들이 나왔다. 그들은 크고 좋은 차를 타고 왔다. 우리는 서오릉 돼지갈비 집 야외에 자리를 잡았다. 친척들은 다정이에게 이것저것 묻는 듯했다. 그리고 다정이에게 고맙다며 고기를 놓아 주었다.

뤽은 멀뚱멀뚱 앉아서 혼자 먹었다. 다정이가 저분이 땅뜨(Tante, 이모)고 옹끌(Oncle, 삼촌)이고 꾸장(Cousin, 남자 사촌), 꾸진(Cousine, 여자 사촌)이라고 알려 주었지만 뤽은 '엄마' 외엔 모두 흐릿하게 보였다.

"마망(Maman, 엄마)."

뤽이 엄마를 불렀지만 엄마는 그를 쳐다보지 않았다. 엄마는 프랑스어를 모른다. 다시 만나자고, 같이 살자고 말할 수 없었다. 잘 지냈냐고 묻고 싶지는 않았다. 그가 얼마나 힘들었는지 말할 수도 없었다. 결국 그는 할 말을 삼키고 고기만 우걱우걱 먹었다.

"효길아, 효준이는 잘 있니?"

엄마가 물었고 다정이가 통역했다.

"Qui est Hyogil(효길이가 누구야)?"

뤽이 물었다.

"Tu t'appelle hyogil. Jang, Hyo, Gil(네 이름이 효길이야. 장, 효, 길)."

"Je vois la prononciation est difficile. J'ai entendu dire que les noms coréens avaient une signification. Que signifie mon nom(그렇구나. 발음이 어렵네. 한국 이름은 뜻이 있다던데 내 이름은 무슨 뜻이야)?"

"Cela signifie être filial envers les parents(부모님께 효도하라는 뜻이야)."

"Qu'est-ce que la piété filiale(효도가 뭔데)?"

"Compassion pour les parents? Pas en français. Cela signifie être gentil avec vos parents(부모에 대한 동정심? 프랑스 말로는 없어. 부모한테 잘하라는 뜻이야)."

"Ah··· Je n'ai pas de parents, donc c'est ironique que je sois appelé à être bon avec mes parents(아··· 부모가 없는데 부모에게 잘하라는 이름이라니 참 아이러니하네)."

"Ta mère te demande si ton frère va bien(동생 잘 있냐고 여쭤보셔)."

"Oui, il va bien(응)."

"Que fait ton frère(동생은 뭐 해)?"

"Il est un travailleur(직장 다녀)."

"Ton frère a dit qu'il ne viendrait pas en Corée(동생은 한국에 안 온대)?"

"Il ne s'intéresse pas à la Corée. Il pense que seuls les parents français sont ses parents(그는 한국에 관심 없어. 프랑스 부모만 부모라고 생각해)."

"효준 씨는 한국에 관심이 없다고 해요."

다정이가 엄마에게 말했다. 엄마는 고개를 끄덕였다. 뤽은 엄마가 한 수저도 뜨지 않았다는 걸 알았다. 숟가락도 들지 않고 손수건만 꼬옥 쥐고 있었다. 엄마는 울고 있지 않았다. 그러나 밥을 먹지 않았다.

뤽은 슬펐지만 고기는 맛있었다. 식탁에서 고기를 구워 먹는 시스템은 정말 멋지다. 프랑스엔 없다. 프랑스는 바비큐 그릴에 고기를 구워서 식탁으로 옮긴다. 한국 사람은 머리가 정말 좋다. 고기를 먹다가 엄마를 보면 슬퍼졌다. 그래서 고기를 다 먹고 나서 엄마를 보기로 했다.

외삼촌은 덩치가 뤽과 비슷했다. 체격도 크고 목소리도 컸다.

"이렇게 만났으니 이제 자주 보고 살아야지. 내년에 또 한국에 오면 삼촌이 원룸이라도 마련해 주마. 한국에 와서 살고 싶으면 그렇게 하고. 허허허."

그는 돈이 많은가 보다. 뤽의 등을 툭툭 치며 희망을 주었다. 엄마는 재혼을 해서 딸이 하나 있는데 미술을 전공한다고 했다. 그리고 그 딸은 영어를 할 줄 안다고 했다. 뤽은 여동생이 영어를 한다니 반가운 소식이라고 생각했다. 엄마와 뤽 사이에 통역을 해 줄 수 있을 것이다. 물론 그도 한국어를 열심히 공부할 것이다.

프랑스에서 무슨 일을 하냐고 외삼촌이 다정이를 통해 물었다. 뤽은 실업자라고 했다. 순간 친척들은 살짝 실망하는 듯하였으나 껄껄거리며 콜라 잔을 부딪혔고, 엄마는 손수건을 더욱 꽉 쥐었다.

이제 헤어질 시간이 되었다. 엄마는 눈물이 아니라 땀을 흘리고 있는 듯 보였다. 그들은 나를 다시 은평구청 앞에 내려 주었다. 그들 집에 초대되지는 못했다. 엄마는 손수건을 꼭 쥐었듯 입술을 꾸욱 깨물었다. 이제 와서 울 자격도 없다고 했다.

그러나 뤽은 울 자격이 없다는 말의 의미를 이해하지 못했다. 인간은 누구나 울 수 있다. 그러나 왜 엄마는 울 자격이 없을까. 자식을 버려서? 그녀도 자식을 키울 환경이 되었다면 키웠을 것이다. 엄마의 잘못이 아니다. 엄마는 울어도 된다. 뤽은 엄마의 환경은 엄마의 잘못이 아니라고 말했다.

그러나 다정이는 통역하지 않았다. 다정이는 뤽의 엄마를 이해하지 못했다. 다정이는 티내지 않으려고 애썼지만 자식을 버린 사람에게 호감이 없었다. 뤽은 손을 휘휘 저으며 엄마를 사랑한다고, 자기 때문에 죄책감을 가지지 말라고 했다. 그러나 다정이는 사랑한다는 말만 전달했을 뿐 죄책감을 가지지 말라는 말은 통역하지 않았다.

안타까운 마음에 뤽은 영어로 말했지만 아무도 알아듣지 못했다. 뤽은 한국어 공부를 열심히 해서 내년에 가족들에게 직접 말을 해야겠다고 생각했다. 다정이를 원망하지 않았다. 다정이에게는 원하는 만큼 통역할 권리가 있다. 그리고 다정이는 한국인끼리 느끼는 다른 무엇인가를 느꼈을 수도 있다.

어쨌든 뤽은 엄마를 봐서 모든 인간을 용서할 수 있을 만큼 기뻤다. 검은 구멍으로 비워져 있던 엄마라는 자리에 엄마 얼굴이 채워졌다. 그리고 엄마는 예뻤다.

같은 하늘 아래 있지만

뤽은 엄마에게 문자를 보냈다.

[엄마, 효길이다. 나는 한국 간다. 사랑한다. 보고시퍼요.]

그러자 엄마에게서 답장이 왔다.

[그래, 효길아. 엄마도 네가 보고 싶다.]

통장에 있는 돈을 전부 긁어모아 한국행 비행기표를 샀다. 2011년 8월 2일, 내 생일 이틀 전이었다. 엄마와 생일파티를 하고 싶었다. 태어나서 처음으로 엄마와 케이크를 먹고 싶었다.

엄마에게 문자를 보냈다.

[엄마, 한국에 도착했다. 어디서 만납니까?]

답이 없다. 전화를 걸어 보았으나 연결이 되지 않는다. 한국에서 유일하게 아는 다정이에게 연락을 했다.

다정이가 전해 주길, 엄마는 뤽을 만날 수 없다고 했다. 현재 남편은 엄마가 과거에 아이를 입양 보낸 사실을 모른다고 했다. 뤽의 등장은 겨우 추스른 엄마의 인생을 망칠 수 있다고 했다. 떠들썩 반겨 주던 친척들도 모두 그냥 없던 일로, 뤽을 잊기로 했다고 한다.

뤽은 엄마 인생을 망칠 생각은 없었다. 엄마와 케이크에 초를 꽂고 한번 불어 보았으면. 케이크는 작은 것으로 살 생각이었다. 카페나 빵집 앞에서 축하해도 될 일이었다. 21,000원이면 케이크를 살 수 있었다. 엄마가 돈이 없다면 뤽이 낼 생각이었다. 엄마의 인생을 축복해 줄 생각이었다. 낳아 주어서 고맙다고도 말할 생각이었다.

꼬깃꼬깃 환전한 21,000원을 꼭 쥐었다. 지난여름 엄마와 흘린 눈물. 그것이 마지막이었구나. 괜찮아. 그러나 이제 어디로 가지? 사실 당장 오늘 잘 곳도 없다. 슬픈데 배에서 꼬르륵 소리가 났다. 위(胃)에서 흘리는 눈물이었다.

다정이는 그녀의 아버지 서재에 잠을 잘 수 있도록 했다. 그녀의 아버지는 퇴직한 교수였는데, 집에 책이 엄청 많았다. 책으로 둘러싸인 가운데 이불을 깔고 누웠다. 할아버지 같은 분이 나무로 된 딱딱한 베개를 주었다. '목침'이라는 것인데 처음에 그게 무엇인지 몰라 세로로 세워 두고 지갑 등을 올려 두는 용도로 사용했다. 베개라고 하길래 베어 보았으나 도저히 잠을 잘 수가 없어서 다시 지갑을 올려 두기로 했다.

어설프나마 영어가 서로 통했다. 그는 뤽의 구멍 난 가방, 구멍 난 양말, 구멍 난 운동화 그리고 구멍 난 셔츠를 보더니 절약 정신이 강하다며 아주 흡족해했다. 그도 젊을 때 모든 게 해질 때까지 입고 썼다고 했다.

“무슈, 당신도 가난했죠? 당신의 엄마는 당신을 어떻게 키웠나요?”

뤽은 배 교수에게 영어로 물었다.

“배고팠지. 냇가에 있는 물고기도 잡아먹고, 겨울엔 나무껍질도 삶아 먹었지. 쌀밥 구경도 힘들었어.”

“당신은 고아원에 가지 않았나요?”

“우리 엄마는 고아원이 무엇인지도 몰랐어. 글씨도 모르고. 우리는 그냥 살아남았어.”

“당신 아버지는 무엇을 했나요?”

“농사짓다가 일찍 돌아가셨는데 이유도 몰라. 옛날엔 아파도 병원을 안 가니까.”

“당신 엄마는 나의 엄마처럼 재혼하지 않았나요?”

“내 엄마는 자식을 바라보며 살았어. 나는 12살 때 독립을 해서 신문도 팔고 껌도 팔며 살았지.”

“열두 살은 일할 수 없어요. 법으로 금지되어 있어요.”

“껄껄껄, 한국의 50년대는 일곱 살이면 일을 했지.”

“나의 엄마는 왜 나를 입양 보냈어요?”

“80년대면 한국 고아원에서 밥을 더 잘 먹이니까 배 안 곯게 하려고 보냈을 거야.”

“지금 내 엄마는 왜 나를 안 만날까요?”

“음… 부끄럽기 때문일 거다.”

엄마가 원하는 것이 다 잊은 채로 사는 것이라면 그렇게 살아야겠다고 생각했다. 원망은 일어나지 않았다. 어쨌든 뤽은 엄마가 고아원으로 보내서 심하게 배고프지 않고 자랐다. 비록 프랑스 식탁에서 수시로 뺨은 맞았지만 어쨌든 고기를 먹었다.

배 교수는 배가 안 고픈 날이 없을 정도로 굶아서 젊은 날 별명이 해골이었다고 했다. 그는 엄마를 잃지 않았고 따뜻한 엄마의 손길을 돌아가시는 날까지 붙잡을 수 있었다고 했다. 그러나 엄마와 살 작은 방을 마련하기 위해 베트남전쟁에 참가해야 했고 밥을 먹기 위해 군대에 갔다고 했다.

그가 그의 삶을 용감하게 살아왔듯, 뤽은 그 자신의 삶을 살아가야겠다고 생각했다. 한국에서 태어났지만 프랑스에서 자라다가 다시 한국 엄마로부터 외면받은 인생은 죽을 만큼 슬픈 일은 아니다. 그렇다고 해서 사실 다 이해되는 것도 아니었다. 그러나 인생은 원래부터 그렇게 이해되어 오지는 않았다. 뤽은 엄마의 행복을 빌기로 했다.

뤽의 생일날 다정이가 케이크를 사 주었다. 덕분에 21,000원이 굳은 뤽은 김밥을 사 먹기로 했다. 한국의 김밥은 싸고 맛있다. 전깃줄이 많은 한국의 뒷골목을 걷다가 사 먹는 2,500원짜리 김밥은 정말 끝내준다. 두 줄쯤 먹고 싶은데 돈을 아껴야 하니 한 줄만 먹고 단무지를 두 접시 먹는다. 노란 단무지도 정말 맛있다.

뤽은 엄마와 같은 하늘 아래, 같은 서울에 있다는 것만으로도 만족할 수 있었다. 만나고 싶은 사이와 만나고 싶지 않은 사이의 경계는 무엇일까. 만날 수 있는 사이와 만날 수 없는 사이의 경계는 무엇일까. 한국과 프랑스 사이의 거리가 9,384㎞이기 때문에 못 만나는 것이 아니었다. 엄마가 살고 있다는 마포구와 뤽이 머물고 있는 은평구는 10㎞이지만 엄마와 뤽은 만날 수 없다. 만남은 물리적 거리뿐만 아니라 복합적인 상황이 얽혀 있는 것이다.

사람의 발길이 닿는 곳은 그의 '열망'도 함께 있어야 하는 것이다. 뤽은 엄마와 무관하게 한국에 머물고 싶다는 생각이 들었다. 프랑스에 돌아가서 한국에 장기 체류할 수 있는 비용을 벌어 와야겠다고 결심했다. 엄마를 만나기 위해 왔지만 '만날 수 없는 상황'은 그에게 다른 의미를 부여했다.

다정이가 뤽에게 소개팅을 시켜 준다고 했다. 한국 여자 친구라니, 뤽은 생각만 해도 기분이 좋아져 웃음이 터졌다. 뤽은 다시 정색을 하고 지금은 돈이 없기 때문에 커피값을 각자 낸다면 한 번은 응할 수 있다고 쿨한 척 대답했다. 커피는 4,000원이다. 김밥보다 비싼 커피라니. 차라리 만나서 김밥을 먹으면 안 될까. 한국 여자들은 구멍 난 티셔츠를 흉보지 않을까. 이런저런 고민을 하며 목침을 다시 시도해 보았으나 역시나 불편해서 밀어내고 누웠다.

한국에서 어슬렁거리며 한 달을 보냈지만 지루하지 않았다. 왼쪽으로 고개를 돌려봐도, 오른쪽으로 고개를 돌려봐도 자신과 비슷한 얼굴이었다. 뤽은 미운 오리 새끼가 아니었다. 전철을 타면 한국인의 품에 안겨 있는 듯했다.

며칠 후, 뤽은 다정이가 소개해 준 한국 여자를 만났다. 영어를 할 줄 아는 여자였다.

"Do you like math(수학 좋아하세요)?"

뤽이 영어로 물었다.

"No, I like Simone de Beauvoir(아뇨, 시몬느 드 보부아르를 좋아해요)."

"Who is she(누구죠)?"

"Don't you know her? She is a very famous French female writer(모르세요? 엄청 유명한 프랑스 여류 작가인데)."

"Because I'm not literary. I've never heard of it. I like the stars(제가 문학적이질 않아서요. 들어 본 적은 있습니다. 저는 별을 좋아하죠)."

"Do you have a hobby of stargazing(별 관찰하는 취미가 있으세요)?"

"Yes. I like space(네. 전 우주를 좋아해요)."

"How do you see it(어떻게 보시는데요)?"

"I see it through the computer(컴퓨터를 통해서 보죠)."

"Oh, I heard you came from Paris(아, 파리에서 오셨다고 들었어요)."

"Yes, it is a very stinky and dirty city(네, 아주 냄새나고 더러운 도시죠)."

"Yes? Isn't it a beautiful city with the Eiffel Tower(네? 에펠탑이 있고 아름다운 도시 아닌가요)?"

"There is the Eiffel Tower, but my neighborhood is

dangerous. I am thinking of moving(에펠탑은 있지만 저희 동네는 위험하기 짝이 없어요. 이사를 갈 생각입니다)."

"Why(왜요)?"

"A racist lives downstairs from my house(저희 아래층에 인종차별주의자가 살거든요)."

"Are you thinking of getting married(결혼할 생각은 있으세요)?"

"Yes, if I ever get married, I will never marry a French woman. I will do it with a Korean or Russian woman(네, 전 결혼한다면 프랑스 여자와는 절대 안 할 겁니다. 한국이나 러시아 여자와 할 거예요)."

"Any reason(이유가 있나요)?"

"I think Korean girls and Russian girls are pretty(제 생각에 한국 여자와 러시아 여자가 예뻐서요)."

이야기를 하다가 그녀가 약속이 있어 일어나야겠다고 해서 뤽은 주머니에서 꼬깃꼬깃 천 원짜리 세 장과 백 원짜리 다섯 개를 찾아 커피값을 지불했다. 그녀도 잠시 머뭇거리다 자신의 커피값을 카드로 계산했다.

다정이가 소개팅 이야기를 묻고는 첫 만남에서 커피값은 남자가 내야 한다고 했다.

"Je ne suis pas riche alors pourquoi devrais-je payer(내가 부자가 아닌데 왜 내가 내야 해)?"

"C'est quand même poli(그래도 그게 예의지)."

"Parce qu'elle n'aime pas les maths(그녀가 수학을 좋아하지도 않

아서)….”

뤽은 변명을 하며 말꼬리를 흐렸다.

그렇게 머물다 뤽은 다시 한국을 떠났다. 다음엔 돈을 벌어 가지고 와야겠다고 생각했다. 이번엔 단무지만 너무 먹은 듯하다.

뤽의 어린 시절

뤽은 외계인들이 다니는 학교에 다니게 되었다. 안녕하세요, 고맙습니다. 잘 자요 정도는 프랑스어로 할 수 있었지만 복잡한 문장 구사는 좀 어려웠다. 그나마 몇 마디 배워 가던 중 말문이 더욱 막혀버렸다. 학교 입학 몇 달 전 있었던 일이다.

마멍(Maman)이라는 사람은 엄마의 역할을 하는 사람이었고 법적으로 엄마였다. 엄마가 상상하는 아기는 하얗고 보드랍고 작은 아기였다. 그러나 결혼 후 7~8년이 지나도록 아이가 생기지 않아 뤽과 동생을 입양했다.

뤽은 거무튀튀하고 입술이 두꺼웠다. 말귀도 알아듣지 못했고, 어디로 가야 할지 무엇을 해야 할지 몰라 정지 자세가 많았다. 엄마가 뭐라 뭐라 말했는데, 그날도 알아듣지 못하고 뤽은 가만히 서 있었다. 엄마는 소리를 지르며 찬장에서 접시를 죄다 꺼내 바닥에 던졌다. 엄마는 폭군이며 괴물이었다.

엄마가 깨진 접시를 들고 어린 뤽의 목을 그으려 했다. 엄마 손에서는 피가 줄줄 흘렀다. 뤽은 말문도 눈물샘도 막혔고, 이제 죽는구나 생각했다. 그때 아빠가 와서 엄마 손목을 잡고 밀쳐 냈다. 엄마는 뒤로 넘어지며 여전히 깨진 접시를 손에 쥔 채로 소리를 질렀다. 뤽은 그 뒤로 겨우 할 줄 하는 프랑스어 몇 마디도 더 이상 나오지 않았다. 말을 하려 하면 꺼억꺼억이나 쉰 소리만 나왔다.

아빠는 엄마를 정신병원에 연락해 입원시켰다. '우울증'이라고 했다. 엄마의 상상 속 아기와 뤽은 너무 달랐다. 뤽을 사랑할 수 없는 엄마의 죄책감이 엄마의 우울증을 증폭시켰다. 뤽은 '엄마'와 '사랑'으로 연결되어 본 적이 없다.

엄마는 쇼핑을 많이 했다. 엄마 방에는 유리 콘솔 속에 번쩍이는 시계와 보석이 많았다. 또한 옷만 보관하는 작은 방도 따로 있었다. 뤽의 집은 방이 5개였는데 하나는 부모님 방, 하나는 뤽과 동생 방, 하나는 손님용 방, 또 엄마의 옷방, 서재였다. 서재에는 뤽의 키보다 큰 망원경과 지구본이 있었다. 아빠가 언젠가 그 망원경으로 뤽에게 별을 보여 준 적이 있었다. 그 망원경은 그렇게 딱 한 번 쓰였다.

뤽 역시 상상 속 엄마와 프랑스 엄마는 매우 달랐다. 엄마가 퇴원을 해서 집에 오는 날이면 뤽은 두려움에 떨었다. 언제 엄마가 자신을 죽일지도 모른다는 두려움에 뤽에게는 언어 장애가 생겼다. 아빠는 매주 수요일, 뤽을 발음교정사에게 데려갔다.

반면 동생은 뤽보다 피부가 희고 방긋방긋 잘 웃었으며 프랑스어도 빨리 배웠다. 엄마는 동생을 사랑했고 동생은 조잘거리며 곧잘 엄마와 대화를 했지만, 뤽은 '욱욱'거리거나 '부부'라는 말밖에 하지 못했다. 그는 엄마의 발소리만 들어도 깨진 접시가 목을 찌르는 듯 했다. 그래서 뤽은 아빠 주변을 맴돌며 엄마를 피해 다녔다. 엄마는 약을 먹고 많은 시간 잠을 잤다.

초등학교 1학년 때 뤽의 반은 총 23명이었고 동양인은 뤽 혼자였다. 아이들은 뤽를 '신떡'이라고 불렀다. 신떡은 중국인을 비하하는 말이다. 프랑스 초등학생에게 중국인과 몽골인과 다운증후군과 괴물은 동일어로 쓰였다. 의자에 앉아 있었지만, 모든 모멸감을 견디기에 뤽은 너무 어렸다. 선생님이 칠판에 스프링 같은 글씨를 쓰는 동안 뤽은 생각했다.

'나는 왜 외계에 와 있을까. 나는 왜 모든 비난과 무시를 견디고 있어야 할까. 언젠가 내 안에 폭발적인 초능력이 생길까.'

뤽으로 인해 22명의 아이들은 우월감을 갖게 되었다. 그들은 글자를 몰라도 말은 할 수 있었으니까. 뤽은 종이에 멸치를 그리거나 지구별을 그렸다. 그러나 한국의 모든 것이 희미해져 갔다.

동생 장(Jean)은 프랑스어를 하기 시작하면서 한국말은 거의 하지 않았다. 동생은 엄마와 여느 가족처럼 지냈다. 엄마는 동생에게 책을 읽어 주었고, 동생은 뤽이 한국말을 하면 못 들은 체 외면하며 엄마에게 재롱을 떨었다. 그것이 생존하기 위한 길임을 그는 알고 있었다. 깨진 접시를 들고 뤽의 목을 그으려는 모습을 동생도 목격했기 때문이다. 동생 장(Jean)은 누구보다 빨리 한국어를 잊어버렸다.

초등학교 2학년이 되던 해, 뤽은 1학년에 머물렀다. 덧셈은 이해했지만 아직 프랑스어를 익히지 못했다. 그로부터 1년 후, 뤽은 이름과 한국어를 잊어버렸다. 지우개로 지운 듯 검은 자국만 남았다. 그럼에도 그는 엄마를 여전히 두려워했다.

그녀는 식사를 하다가 아이들이 물을 엎지르면 뺨을 때렸다. 뤽은 손이 떨려 음식이 어디로 들어가는지도 몰랐다. 아빠가 엄마에게 약을 주고 방에 들어가서 자라고 했다. 엄마가 잠들고 나면 뤽은 남은 음식을 겨우 먹을 수 있었다. 아빠는 포도농장에서 하루 종일 일했고, 엄마는 잠을 자든가 화를 냈다.

친구들이 초등학교 3학년이 되던 해, 뤽은 여전히 1학년이었고 동생과 같은 반이 되었다. 친구들이 처음에 동생에게도 신떡[1]이라고 했지만 장은 야무지게 "나는 프랑스인이야."라고 외쳤고, 아이들도 더 이상 그를 놀리지 않았다.

동생은 놀림을 당할 때 당당하게 방어했고, 선생님께 말해서 아이들이 주의를 받도록 했다. 형처럼 신떡이 뭔지도 몰라 눈만 끔뻑거리면서 3년 내내 신떡이라고 불리는 것과 달랐다. 아무튼 뤽은 동생과 같은 반인 것이 싫어서 공부를 조금 더 주의 깊게 했다.

친구들이 4학년이 되던 해, 뤽은 드디어 2학년이 되었다. 말은 잘 못했지만 프랑스어를 어느 정도 이해할 수 있게 되었다. 친구들도 뤽을 놀리는 것에 시들해져 큰 관심을 두지 않았다. 뤽은 지구본에서 한국의 위치를 찾아낼 수 있었다. 뤽이 떠나온 고향, 뤽이 태어난

1 프랑스인들이 중국인을 비하할 때 부르는 말.

나라의 이름은 '꼬레뒤쉬드(Corée du Sud)'였다.

뤽은 여전히 동생과 같은 반이었다. 장은 친구들과 똑같이 어울려 놀았지만, 뤽은 친구들보다 키도 크고 나이도 많아 학교 도서관에서 지리책 등을 들춰 보면서 '꼬레뒤쉬드'의 위치를 찾으며 시간을 보냈다. 프랑스어를 익히자, 학교 공부가 수월해졌다.

다음 해 뤽은 3학년이 되었고, 장은 2학년에 머물렀다. 드디어 동생과 반이 달라져서 기분이 좋았다. 그리고 4학년이 될 때 뤽은 드디어 언어치료를 중단했다. 그는 12살이었기 때문에 키도 크고 자신보다 2살이나 어린 반 아이들이 더 이상 대놓고 놀리지 못했다. 뤽은 언어가 딱히 중요하지 않은 수학이 재미있었다. 수학 시간은 다른 아이들보다 뤽이 두각을 나타내었다.

그리고 그는 변성기가 시작되어 무서운 표정을 짓고 말을 근엄하게 하면서 친구들이 까불지 못하게 했다. 외로웠지만 평화로웠다. 그가 다닌 학교는 사립 국제초등학교여서 영국 선생님이 영어를 가르쳤는데, 그에게는 프랑스어나 영어나 외계어인 것은 매한가지여서 두 언어를 자연스럽게 같이 익혔다. 아이들과 동등한 수준으로 교육을 받았기 때문에 때로는 영어가 더 편하게 느껴졌다.

그 무렵, 뤽은 자신이 화성이 아니라 프랑스라는 다른 나라에 온 것임을 알게 되었다.

한국어를 공부하는 이유

뤽은 3년간 프랑스 중학교에서 기간제교사로 수학을 가르쳐 돈을 모아 한국으로 왔다. 한국 여자를 만나 결혼하려면 3주로는 부족해서 2년을 계획하고 왔다. 1년은 이화여자대학교에서 한국어를 배우고, 1년은 아르바이트를 하며 소개팅과 구직 활동을 할 생각이다.

방값 월 40만 원, 식비 월 30만 원, 교통비 월 10만 원, 비행기값, 어학원 수업료까지 대략 2천5백만 원을 계획하고 왔다. 운이 닿으면 아르바이트를 할 생각이다. 어학원 등록은 입양인의 경우 50% 감면을 받아 1년에 170만 원이다.

이화여자대학교는 여자들만 다니는 학교라서 한국 여자가 많다고 들었다. 한국어를 조금 하게 되면 이상형의 여자와 데이트를 하게 될지도 모른다. 수학을 좋아하는 한국 여자라면 얼마나 좋을까. 어학당에는 베트남, 중국, 일본, 미국 사람들이 있었다. 뤽은 매일 한글을 썼다. 밥을 먹어요, 밥을 먹습니다, 밥을 먹겠습니다, 맛있어요…. 열심히 연습했다.

한국 사람들은 뤽에게 나이를 물어보고 결혼했냐고 물어보고는 여자를 소개해 주려고 했다. 뤽은 이번엔 여자가 마음에 들면 커피 값도 낼 생각이었다. 드디어 지인이 한국 여자를 소개해 주었고, 뤽은 소개팅을 하게 되었다.

"안녕하세요? 저는 뤽입니다. 프랑스에서 왔어요."

그는 당당히 한국말로 말했다.

"안녕하세요? 최정민이에요."

"안녕하세요? 커피가 맛있어요."

"여기 커피, 별로지 않아요?"

"커피를 먹겠습니다."

"뤽 씨는 여기서 뭐 하세요?"

"저는 커피를 마십니다."

"아니, 일이요. 하시는 일."

"저는 한국어 공부를 합니다."

"아, 쉬시는 중이구나."

"저는 한국에 있습니다."

"여기 계속 사실 거예요?"

"저는 한국에서 한국어 공부를 합니다."

"앞으로는 뭐 하실 건데요?"

"저는 한국어 공부를 할 겁니다."

"아니, 공부 마치고요."

"저는 커피를 마십니다."

"아, 말 잘 안 통하네. 취미는 뭐예요?"

"취미 알아요. 취미는 수학을 좋아합니다. 수학을 좋아합니까?"

"수학 싫어해요."

그녀는 손을 내저었다. 뤽은 사실 그녀의 말을 완전히 이해하지 못했지만 준비한 말을 적절히 잘 사용했다고 생각하며 만족스러워했다. 그는 자신의 커피값 4,000원을 지갑에서 꼬깃꼬깃 꺼내 식탁 위에 두었다. 뤽은 수학을 싫어하는 여자의 커피값을 내고 싶지는 않았다. 그 사이 커피값이 500원이 올랐지만 그는 돈을 벌기 때문에 개의치 않았다.

그녀는 더 이상 뤽에게 연락하지 않았고, 뤽도 연락하지 않았다. 그녀의 전화번호를 몰랐기 때문이다. 뤽은 아직 전화번호 물어보는 것을 공부하지 않았다. 다음에 또 소개를 받게 되면 그 전에 미리 전화번호 물어보는 것을 공부해서 나갈 참이다. 두 번째 소개팅을 잘 마친 것 같아서 무척 기뻤다. 한국말로 한 첫 짧은 데이트였다.

'저는 별을 좋아합니다. 저는 우주를 좋아합니다. 저는 아이스커피를 좋아합니다. 하하하, 아이스커피는 영어잖아. 한국에서 아이스커피라고 하네. 프랑스에는 아이스커피가 없는데.'

한국에는 영어로 된 말이 많았다. 컴퓨터, 마우스, 테이블, 컵 등 영어로 된 단어는 외우기가 수월했다. 가장 어려운 것은 동사변화였다. 정확한 규칙이 없었다. '나간다', '나갑니다'는 현재이지만 미래 대신으로도 쓰였다. 여자에게는 '예쁘다'라는 현재를 사용하고 남자에게는 '잘생겼다'는 과거를 사용했다.

'갔걸랑'이라고 말할 때는 정말 이해가 안 되었다. '갔다'와 '간다', '갈게요', '갔습니다.'는 책에 나와 있지만 한국 사람들은 "간다고", "갔거든"이라고 말했다. 쓰기와 말하기의 차이가 컸다. '철수는 영희의 간을 보았다'라고 했을 때 정말 몸속의 간을 보는 건 줄 알고 놀랐다. 음식의 간을 보는 것과도 똑같이 쓰였다. 또 드라마에서 "남이사 뭘 하든 말든."이라는 말을 들었는데 남쪽으로 이사 가라는 소리인가 싶었다.

공부를 할수록 머리에 쥐가 나기 시작했다. 글로 공부하는 언어의 한계에 부딪히자, 뤽은 다정이를 통해 한국 사람들의 모임에 나갔다. 한국말을 자연스럽게 많이 듣기 위해 나갔는데, 저녁을 푸짐하게 먹고 나서 그들이 한국말을 하기 시작하자 뤽은 드르렁 피슉~ 컥, 잠이 들었다.

"피곤한가 봐요."

"네? 네? 뭘 봐요? 피요?"

뤽은 놀라서 눈을 번쩍 떴다.

"피곤하신가 보다고요."

"피곤하다. 피곤하시다. 아… je suis fatigué."

"프랑스어를 잘하시네요."

뤽은 여전히 한국말이 어려웠다.

'피곤합니까? 하고 말하지 않고 피곤하신가 보다고요, 는 뭐지? 이대로 포기할 수는 없어.'

뤽은 그들의 말을 이해하려고 애썼다.

"노핌말(높임말)은 '시'를 넣는다. 알아요. 당신들은 피곤하시겠어요."

"뤽, 좀 쉬는 게 좋겠다."

외국어를 오래 들으면 피곤하다. 뤽은 한국말 동사어미 변화는 짐작으로 넘어가고, 배운 대로 말하는 것이 낫겠다고 생각했다. 프랑스어는 바스크 지방과 알자스 지방에서 완전히 다른 언어를 쓰긴 하지만 지역에서 동사의 어미를 변화시키지는 않는다. 그리고 쓰는 것과 말하는 것이 일치한다.

그런데 작은 한국에서는 경상도와 전라도, 충청도의 방언이 다들 다른데, 그들끼리는 이해하지만 한국어를 외국어로 배우는 뤽의 입장에서는 이해할 수 없었다. 마치 아랍어와 아프리카어가 부족마다, 지역마다 수십 가지이듯이 한국도 언어가 많이 분화되어 있는 것처럼 여겨졌다.

예를 들어 한 식당에서 경상도 할머니가 "마이 무라."라고 하셨다. 뤽은 처음에 그것을 "나의 무다(my radish)."로 들었다. 친구가 옆에서 많이 먹으라고 사투리를 통역해 주었다. "저는 배가 나와서 많이 먹으면 안 돼요. 알맞게 먹어야 해요."라고 말하자, 할머니는 "괘안타."라고 하셨다. 친구가 "괜찮다."고 통역을 해 주었다.

"안 돼요. 여자 친구 만나야 돼요. 뚱뚱하면 안 돼요."

뤽은 단호하게 거절했다. '많이 먹으라'는 말이 '맛있게 드세요'라는 인사말인 것은 나중에 다정이가 알려 주어서 알았다. 언어는 단순 통역뿐만 아니라 문화적인 관습도 중요했다. 뤽은 프랑스에서 오랫동안 이방인으로 살았는데, 한국에 와서 다시 이방인이 된 기분이었다.

그래도 한국 사람들은 프랑스를 좋게 생각하는 듯하였다. 프랑스에서 왔다고 하면 다들 에펠탑을 보았다고 했다. 루이비통 가방도 싸냐고 물어보는 사람도 있었지만, 뤽은 루이비통이 얼마인지 모른다. 중학교 때 친구들이 루이비통 모자나 허리띠를 하고 다녔는데 뤽은 검소하게 다녔다.

뤽은 프랑스에서는 35살인데 한국에서는 36살이라는 점이 기분 나빴다. 뤽은 나이만큼은 프랑스 법을 따를 것이라고 다짐했다. 아직 결혼도 안 했기 때문에 한 살이라도 젊은 것이 좋다고 생각했다.

별나라로 가다

하늘은 검었고 몇 개의 반짝이는 별이 보였다. 그중 몇 개는 새로 생긴 교회 십자가라고 한다. 하늘이 밝을 때를 아침이라 불렀고, 하늘이 어두울 때를 밤이라 불렀다. 고아원 원장실 바깥쪽 벽 책장에 낡은 책이 꽂혀 있었다. 효길은 어떻게 익혔는지 몰라도 글씨를 알았다. 우주선, 별, 우주인, 외계인… 이런 그림과 글씨를 연결하였다.

고아원 유치부 아이들은 대부분 글씨를 몰랐다. 학교에 들어가도 아홉 살이나 되어야 한글을 읽을 수 있었다. 책장 근처에는 아이들이 얼씬거리지 않아 효길은 그곳에서 책을 읽었다. 특히 관심 있는 분야는 우주였다. 가장 좋아하는 책은『화성에서 온 친구』라는 책이었다.

저렇게 작게 보이는 별에 누군가가 살고 있다고 했다. 멀어서 작게 보일 뿐, 사실 지구보다 크다고 했다. 내가 아는 지구의 크기는 고아원, 할머니 집, 아빠 집, 엄마 집을 연결한 크기이다. 우리나라는 그것보다 훨씬 크고 지구는 그것보다 더더 크고 우주는 더더더 크다. 화성인들은 노란 머리에 파란 눈일 수도 있다. 손가락에서 레이저가 나오고 말은 한국어와 전혀 다를 것이다.

아이들은 땅을 가지고 싸웠다. 흙을 가지고 놀고 땅에 금을 그어 놀았다. 여자애들은 작은 돌로 공기놀이를 했고, 남자애들은 비석치기를 했다. 싸움이 일어나면 작은 돌을 던져 이마에서 피가 나는 경우도 있었다. 효길은 다투는 것을 싫어해서 하늘과 놀았다. 하늘은 아주 높고 멀어서 서로 가지려고 싸우지 못한다.

1984년, 남동생 효준의 입양이 결정되었다. 효길은 나이가 많아서 입양이 어려웠지만 원장님은 효길을 같이 보내야 한다고 했다. 입양 부모들은 어리고 귀여운 어린이를 좋아한다. 그래서 형제자매가 있는 경우에는 막내를 중심으로 홍보를 하고, 이어 입양할 부모가 생기면 형제가 있다고 불쌍해서 떼어 놓을 수가 없다고 우겨서 끼워 넣기로 보낸다.

효길은 어쩌면 자신이 공짜였을지도 모른다고 생각했다. 또는 동생의 절반 가격쯤. 알 수 없다. 홀트 아동 복지 센터에서 온 아줌마가 형제를 프랑스까지 데려간다고 했다. 그리고 4월 28일, 효길과 동생은 비행기를 탔다. 입이 바싹 마르고 심장이 두근거렸다. 드디어 화성으로 가는구나. 효길은 늘 목적지를 모른 채 어른들 손에 이끌려 여기저기 다녔다.

일곱 살에 비행기를 타게 되었다. 당시에 한국에서 부자들만 탄다는 비행기를 어린 나이에 타게 되었다. 사실 효길은 버스나 기차보다 비행기가 무서웠다. 갈 곳이 멀다는 것은 돌아오기 힘들다는 의미이기도 하다. 돌아올 수 없다는 의미이기도 하다. 비행기가 하늘 위로 날아오를 땐 귀가 아팠다. 동생은 울었다. 효길은 두 눈을 꼬옥 감았다.

화성인들이 그들의 부모가 될 것이라고 했다. 부모란 무엇일까. 서류에 사인을 하면 부모와 자식이 되는 관계인가. 형 이름은 장효길, 동생 이름은 장효준. 그들의 이름은 잊힐까, 아니면 기억될까. 이런저런 생각을 하다 보니 비행기가 구름 위로 올라갔다.

'이제 화성으로 가는구나. 저 별나라로 가는구나. 그곳엔 멸치 반찬이 있을까. 내가 제일 좋아하는 반찬인데. 화성에서는 무엇을 먹을까. 밤이 되면 화성에서 지구가 보일까.'

샤를드골 공항에 도착했다. 우와~ 이곳은 화성이구나. 생김새가 달랐다. 얼굴이 검은 사람, 흰 사람, 코도 크고 키도 컸다. 알아들을 수 없는 말로 어깨를 들썩이며 말했다. 홀트 아줌마가 형제를 화성인 부부에게 인도했다. 그곳은 화성은 아니고 프랑스였지만 효길은 한동안 그곳이 화성인 줄 알았다.

아저씨가 초콜릿을 내밀었다. 그리고 다시 아주 오랫동안 자동차를 탔다. 동생이 잠든 사이, 효길은 창밖으로 화성을 구경했다. 건물, 사람, 나무가 보였다. 지구와 비슷한 듯하지만 아주 달랐다. 파란 눈 아줌마는 자신을 가리키며 '마멍'이라고 했다. 갈색 머리 아저씨는 '빠빠'라고 했다. 효길은 그렇게 마멍과 빠빠를 만났다.

"나는 효길이에요."

마멍이 눈살을 찌푸렸다.

"뤽. 뤼이이익."

마멍은 그를 뤽이라고 불렀다. 효준이에게는 "장. 자아아앙."이라고 했다. 그들은 한국말을 전혀 몰랐고 나는 외계인 말을 전혀 몰랐다.

식사를 차려 주었는데, 밥은 없었고 고기와 빵과 야채가 있었다. 효준이는 "밥밥"이라고 외쳤다. 그러나 아저씨가 "빠빠"라고 말했다. 효길은 배가 고파 이것저것 잘 먹었지만, 밥이 없어서 효준이는 잘 먹지 않았다. 마멍은 효준이에게 스프를 가져와 떠먹여 주었다. 과일도 주었다. 효준이는 "밥밥"이라고 밥을 찾았고, 그때마다 아저씨가 와서 "빠빠"라고 말했다.

마멍이 방으로 효길을 데려갔을 때, 그는 방 앞에서 신발을 벗었다. 하지만 마멍과 빠빠는 신발을 신은 채 방으로 들어갔다. 방에는 침대가 두 개 있었고 옷장과 서랍장, 거울. 장난감 기차가 있었다. 나지막한 테이블도 있었다. 효준이가 기차를 보고 좋아했다. 마멍은 또 선물 상자를 내밀었다. 상자 안에는 색연필, 스케치북, 연필과 빨간 장난감 자동차, 색종이가 들어 있었다.

"고맙습니다."

효길이 말하자, 마멍이 또 눈살을 찌푸렸다. 빠빠는 무릎을 굽혀 효길의 어깨를 두드려 주었다. 한국말을 할 때마다 미간을 찌푸리는 마멍을 보고, 효길은 한국말을 하지 않아야겠다고 생각했다. 마멍과 빠빠가 뺨에 뽀뽀를 해 주고 방의 불을 끄고 나갔다. 아주아주 무서웠다.

효준이는 잠이 들었지만 효길은 어른거리는 그림자가 무서워 효준이가 자는 침대로 들어가 옆에 붙어 누웠다. 효준이 다리가 효길의 배 위로 올라왔지만, 그는 도저히 침대에서 혼자 잘 자신이 없었다. 고아원 원장님 옆 책장, 할머니, 아빠, 엄마 생각이 떠올랐다. 따끈한 밥과 함께 먹는 멸치볶음도. 지구로 가는 방법은 무엇일까 생각하던 효길은 스르르 잠이 들었다.

목포 할머니

어릴 때 뤽을 키워 주던 할머니를 만나기 위해 보르도에서 샤를드골 공항까지 가는 기차를 타고 공항에서 비행기를 타고 도쿄를 거쳐 인천에 도착했다. 거기서 버스를 타고 서울에서 하룻밤 잔 후 지하철을 타고 서울역으로 가서 목포행 기차를 탔다. 목포역에 내려 버스를 타고 '몽그탄느미언(몽탄면)'으로 갔다. 그곳에서 뤽은 허리가 굽은 할머니를 만났다.

"안녕하세요?"

할머니는 버석한 손으로 뤽의 손을 잡으며 뭐라 뭐라 하셨다. 그러나 한국말은 '안녕하세요'와 '감사합니다' 두 개만 공부해 온 뤽은 무엇을 해야 할지 몰랐다. 할머니가 뤽의 가방을 잡아끌어 툇마루 위에 놓았다. 그는 "고맙습니다."라고 말했다. 할머니가 뤽의 머리를 쓰다듬으려고 손을 올렸을 때, 그는 잠시 움찔했다.

할머니 집은 담장이 낮고 현관문도 없고 자물쇠도 없고 긴 나무의자 안쪽으로 방이 붙어 있는 형태였다. 방은 나란히 두 개였고 마당

한편에는 닭 세 마리가 있었다. 학교에서 이글루나 게르를 배운 적이 있는데 할머니 집 같은 형태는 본 적이 없었다. 어디부터가 현관일까. 어디서 신발을 벗어야 할까. 뤽은 신발과 양말의 경계를 찾으려고 두리번거렸다. 뤽은 일단 신발을 신은 채로 복도처럼 생긴 마루 위로 올라갔다. 할머니가 신발을 벗으라고 해서 뤽은 꽁꽁 묶은 운동화 끈을 하나하나 풀고 올라가 손 씻는 곳을 물어보기 위해 손 씻는 시늉을 했다. 할머니가 마당에 있는 수돗가로 따라오라고 해서 뤽은 양말을 신은 채로 따라가니 할머니가 이번에는 신발을 신으라고 한다. 뤽은 다시 운동화 끈을 묶어 할머니를 따라갔다. 그러자 할머니가 티셔츠를 벗으라고 했다. 뤽은 너무 놀라서 "No(노)."라고 단호히 말했다. 할머니는

"나 멀고 너."

라고 말하고는 뤽의 티셔츠를 벗겼다. 수영장도 없는 데서 웃통을 벗으라니 뤽은 이것은 또 무슨 부족의 의식인가 싶어 어쩔 줄을 몰랐다. 할머니는 바닥에 두 손을 짚더니 엎드리라고 시범을 보였다. 뤽은 예의에 어긋날까 봐 일단 시키는 대로 했다. 그러자 할머니는 얼음처럼 차가운 물을 세숫대야에 가득 부어 뤽의 등에 부었다. 뤽은 너무 놀라서 벌떡 일어났다. 차가운 물이 바지 속으로 줄줄 타고 들어갔다. 할머니는 만족스러운 표정으로 뤽에게 물 한잔을 건네었다. 뤽은 얼떨떨했지만 할머니가 물을 주었다. 목이 마르던 참에 물을 벌컥벌컥 마셨다.

할머니는 닭장으로 가더니 닭 한 마리를 잡았다. 닭은 잡히지 않

으려고 닭장 안을 이리저리 푸드덕거리며 도망갔지만, 작은 체구의 할머니는 이내 닭 날개를 움켜쥐었다. 닭의 눈이 착해 보였다. 할머니는 닭을 든 채로 부엌으로 가 칼을 하나 꺼내 오더니 마당 수돗가 앞 돌 위에 닭을 놓고 목을 쳤다. 강하게 한 번에. 닭은 목이 잘리고도 다리를 버둥거렸다.

그 닭은 할머니 친구였다. 손자에게 고기를 먹이려면 닭을 잡아야 했고, 할머니는 최대한 닭을 고통 없이 한 번에 죽이기 위해 있는 힘을 다했다. 할머니는 닭털을 뽑은 닭을 오븐에 넣지 않고 가마솥에 넣었다. 뤽은 그런 할머니를 지켜보는 것이 신기하고 재미있었다.

"Où sont les toilettes?"

할머니에게 화장실이 어디냐고 프랑스어로 물었다. 할머니는 물 한 대접을 더 떠 주었다. 뤽은 아니라고 손을 내젓고 "Where is the toilet?" 영어로 다시 화장실이 어디냐고 물었다. 배를 부여잡고 다리로 종종걸음을 해 보였다. 할머니는 닭을 삶고 있는 가마솥을 가리켰다.

소변이 급해 위급한 순간이 왔다. 할 수 없이 주요 부위를 가리키며 화장실을 찾는다고 말하자, 할머니는 어느 창고를 손으로 가리켰다. 그곳에 들어가자 의자 같은 변기는 없고 바닥에 딱 붙은 변기가 있었다. 남자 소변기는 보통 벽에 붙어 있거나 가정용 변기는 의자처럼 생겼는데, 이 변기는 남자 소변기를 바닥에 뉘여 놓은 것처럼 생겼다. 혹시 개들이 사용하는 화장실에 잘못 들어왔나 싶었지만 너무 급해 볼일을 보았다.

화장실 문을 열고 나오는데, 할머니가 서 있었다. 뤽이 깜짝 놀라 당황하자, 할머니가 들어오더니 줄을 잡아당겼다. 물이 쏴아– 하고 내려가며 변기의 오물이 씻겨 내려갔다. 뤽은 할머니가 자신의 소변을 본 것이 너무 부끄러웠다. 그런 뤽을 보고 할머니는 그의 등을 툭툭 쳤다. 괜찮다는 뜻 같았다. 화장실을 보고 나니 대변은 어떻게 보는지 걱정이 되기 시작했다.

어둑어둑 해가 저물자 할머니는 밥상을 차렸다. 오후 5시 30분이었다. 프랑스에서는 간식 시간이 조금 지난 시간이다. 동그랗고 작은 상에 하얀 닭이 놓여 있고 그 주변으로 빨간색의 작은 음식들, 그리고 밥과 숟가락, 젓가락이 있었다. 잠시 두리번거리며 나이프를 찾는데 할머니가 닭다리 하나를 손으로 툭 떼어 주며 건넸다. 영화에서 보던 그런 장면이다. 고대 전사들이 야외에 모닥불을 피워 놓고 닭다리를 뜯어 먹는 모습.

뤽은 그런 경험을 하다니 정말 멋지다고 생각해 순간 심장이 살짝 두근거렸다. 삶은 닭은 처음 먹어 보았다. 뤽이 한입 베어 물자 할머니가 손가락으로 소금을 찍어 뤽이 들고 있는 닭다리 위에 콕콕 찍어 준다.

"감사합니다."

앗싸, 배운 걸 얼른 써먹었다. 뤽은 적절하게 써먹은 듯하여 뿌듯했다. 그런데 할머니가 눈시울을 적신다. 뤽은 자신이 뭘 잘못 말했나, 혹시 '감사합니다'가 아니라 다른 말이었나, 무엇을 잘못했는지 몰라 더 이상 먹지 못하고 할머니를 바라보았다.

할머니가 뤽의 신발을 벗겼다. 운동화는 끈으로 꽁꽁 묶여 잘 풀리지 않았지만, 할머니는 용케도 손자의 신발을 벗겼다. 코를 찌르는 발 냄새가 났지만 할머니는 양말도 벗겼다. 뤽이 밥을 먹고 있는데 할머니는 그의 양말을 벗기는 상황이었다.

뤽은 "왜 같이 안 먹어요?"라고 말하고 싶었지만 말을 못하니 손가락으로 닭을 가리키며 할머니에게 먹으라는 시늉을 해 보였다. 할머니는 손을 휘휘 내젓더니 알루미늄 세숫대야에 물을 떠 왔다. 그러고는 돌아앉으라고 손짓을 했다. 여전히 닭을 먹으며 맨발을 내밀자, 할머니가 뤽의 발을 씻겨 주었다.

프랑스에서 배운 밥상 예절과는 너무나 달랐지만 눈물이 핑 돌았다. 콧물도 같이 나서 티슈를 찾는데 할머니가 자기 치맛자락을 올리더니 그 끝자락으로 뤽의 코를 닦아 주었다. 닭고기가 목에 메였다. 프랑스에서는 옷자락으로 코를 닦으면 야만인이라고 뺨을 맞았다. 밥 먹다가 딴짓을 하면 재깍 "뤽!" 하고 이름이 불렸다. 그러나 할머니는 해가 지기도 전에 저녁상을 차려 놓고 여기저기 왔다 갔다 한다. 수건을 가져와 뤽의 발을 톡톡 닦더니 세숫대야를 들고 멀찌감치 풀밭에 물을 던지듯 버렸다.

뤽은 밥을 먹으면서 할머니가 하는 행동을 지켜보았다. 할머니가 손가락으로 김치 하나를 집어 들더니 쫘악 찢고는 내민다. 젓가락으로 받아야 할지 숟가락으로 받아야 할지 두 손으로 받아야 할지 망설이다가 할머니도 손으로 주니 뤽도 두 손을 내밀었다. 한국에서는 두 손을 내밀어야 한다고 가이드북에서 읽었다.

할머니는 김치를 뤽 입에 털썩 먹여 주었다. 화끈하고 알싸한 맛에 놀랐다. 기분 좋게 찰싹 때리는 듯한 맛이었다. 이어 얼얼하고 매운 기운이 올라와서 물을 벌컥벌컥 마셨다. 할머니가 껄껄껄 웃는다. 땀이 주르륵 흘렀다.

"김치."

할머니가 말을 가르치듯 단어로 얘기한다. 뤽도 따라 했다.

"김치."

할머니가 말한다.

"매워."

뤽도 따라 했다.

"매워."

할머니가 하늘을 가리킨다.

"노을."

뤽이 따라 했다.

"노을."

"이만치 배웠음 됐다."

할머니가 말한다. 말이 갑자기 길다.

"이마치배음."

뤽은 비슷하게 따라 했다.

"됐다. 그만해라."

"댓따그마."

"이노무 자슥이 계속 따라 하네."

할머니가 손을 든다.

"이노무자수기."

뤽도 손을 따라 들었다. 할머니가 다시 웃는다. 뤽도 따라 웃었다. 할머니 얼굴은 손자와 비슷한 얼굴색, 쪽 찢어진 눈이었다. 정겨웠다. 그날 밤 이불을 깔고 뤽은 코를 드러렁 골며 잤다.

다음 날 아침, 할머니는 된장찌개를 끓여 주었다.

"안 매워."

할머니가 말했다.

"안 매워."

뤽이 따라 했다.

"된장찌개."

"된장찌개."

이제 뤽이 돌아가야 할 시간이었다. 할머니가 뤽 주머니에 꼬질꼬질한 돈을 쑤셔 넣듯 주었다. 프랑스에서는 눈을 마주치고 선물을 웃으며 건네주는 것이 예의이다. 할머니는 뤽의 눈을 쳐다보지 않는다. 돈도 마치 코를 푼 휴지를 버리듯 푹 쑤셔 넣는다. 그리고 뤽이 뭔지 보려고 주머니에서 돈을 꺼내자, 더 주머니 깊숙이 쑤셔 넣는다.

뤽은 어떻게 해야 할지 몰라 "안녕하세요."라고 인사했다. 할머니는 인사를 받지 않고 휙 돌아서서 마당에 있는 개밥 그릇을 들여다본다. 헤어질 때 인사를 미처 공부하지 못해 다시 "안녕하세요."라고 인사했다. 할머니는 뤽을 쳐다보지 않는다. 화가 났나 걱정이 되었다. 한국어를 더 공부했어야 했는데…. 할머니는 개만 쓰다듬는다.

그러더니 치맛자락을 들춰 코를 닦는다.

뤽은 할머니 뒤로 가서 가만히 할머니를 안아 주었다. 할머니는 마당에 털썩 주저앉아 신발 한 짝을 들고 땅을 치며 통곡을 했다. 처음엔 할머니가 신발에 모래가 들어가 신발을 터는 건 줄 알았다. 그리고 에고에고 소리를 내길래 노래를 부르는 줄 알았다. 할머니 울음소리는 오래전 어느 왕국의 노랫소리 같기도 하고 구슬프기도 했다. 할머니는 말을 하며 울었다.

"Je t'aime. Ne pleures pas."

에라, 모르겠다. 뤽은 그냥 프랑스말로 사랑한다고, 울지 말라고 했다. 그러자 할머니는 더 크게 운다.

"손자 말도 못 알아듣고…. 에고… 에고…. 이게 무슨 꼴이당가."

"감사합니다."

뤽은 한국말로 다시 말했다. 시계를 보니 차 시간이 되어 떠나야 했다. 골목길을 한참 걸어갈 때까지 할머니의 노랫소리가 들렸다.

Ⅱ

꺄린(Karine) 이야기
희정이의 홀로서기

- 꺄린의 독백
- 갈등의 끝자락
- 연꽃은 진흙에서 핀다
- 외계에서 떨어진 돌멩이
- 꺄린의 홀로서기
- 친엄마를 찾다

꺄린의 독백

누구나 출신이 있다. 버려진 출신들은 실수를 하면 "쯧쯧, 아무리 가르쳐도 유전자는 어쩔 수가 없다니까."라는 말을 듣는다. 그 말은 꺄린의 등골을 오싹하게 했고, 그녀를 부끄럽게 만들었다. 나이가 들어 결국 그런 말을 하는 사람이 잘못된 것임을 알고 그런 말을 무시하게 되었지만, 어릴 때는 큰 상처였다. 그때마다 양아빠는 꺄린의 머리를 쓰다듬어 주며 안타까운 눈빛으로 딸을 바라보았다.

그는 하루 종일 일을 했고, 아내의 그늘에 묻혀 사는 사람이었다. 그가 입양의 주체는 아니었다. 아내의 의견에 동의는 했지만 그가 원한 입양은 아이었다. 아빠는 마그렙[2] 출신으로 성격이 온순하고 성실했다. 아빠는 집안의 결정권자는 아니었지만 아빠의 역할을 하려고 애썼다. 아빠를 부르면 언제나 다정하게 꺄린의 이야기를 들으

2 마그레브는 대체로 오늘날의 북아프리카 지역, 즉, 모로코, 알제리, 튀니지를 아우르는 지역을 말한다. 아랍어로 '해가 지는 지역' 또는 '서쪽'이란 뜻의 Al-Maghrib라는 단어에서 유래한다.

려고 까린을 바라보았다.

"빠빠."

까린의 나이 일곱 살이었다.

"그래, 까린."

언제나처럼 아빠는 까린을 바라보았다.

"나는 왜 아빠랑 피부색이 달라요?"

"콜라랑 스프라이트도 색깔이 다르지만 둘 다 맛있지 않니?"

"다른 친구들은 부모랑 피부색이 같던데요."

"혀를 내밀어 봐라."

까린이 '메에~' 하고 혀를 내밀자, 아빠가 거울을 보여 주며 혀를 내밀었다.

"아빠랑 까린이랑 혀 색깔이 똑같지? 피 색깔도 똑같고, 손바닥 색깔로 비슷하구나."

"정말 그렇네요. 나는 아빠랑 똑같아요."

"심장 색깔도 똑같고, 뼈 색깔도 똑같단다."

"아빠."

"응?"

"나는 어디서 태어났어요?"

"한국에서 왔단다."

"한국은 어떤 나라예요?"

"안타깝지만 아빠는 잘 몰라. 아빠가 태어나고 자란 튀니지에서는 한국이란 이름조차 들어 본 적이 없었어. 프랑스에 와서 너희를 입양할 때 알게 되었지. 아주 먼 동양의 나라가 있다는 것을. 그리고 그곳 아이들이 아주 작고 예쁘다고 들었다."

"왜 나를 낳은 부모는 저를 키우지 않았나요?"

"여러 가지 사정이 있었겠지."

"제가 못생겨서 버린 건가요?"

"절대 그렇지 않아. 꺄린 우리 딸. 이렇게 예쁘고 귀여운데. 아빠가 아는 바로는 가난해서 키울 형편이 안 되었던 것 같다."

"가난하면 도움을 청할 수 없었나요?"

"도움을 줄 수 있는 사람이 한국에 없었겠지."

"엄마는 저를 입양했는데 왜 저를 사랑하지 않나요?"

"사람들은 사랑하는 방식도 저마다 다르고 표현하는 방법도 달라."

"엄마는 한국이 미개한 나라라고 했어요. 불쌍해서 데리고 왔으니 말을 잘 들으라고. 전 그게 엄마의 사랑이라고 생각되지 않아요."

"엄마에게 너무 큰 기대를 하진 말아라. 엄마와 너는 서로 운이 좋지 않구나. 모든 양부모가 인격이 훌륭할 수는 없단다. 우리는 한국에 대해 잘 알지 못하고 어떤 정보도 배우지 못했단다."

"아빠, 제가 어른이 되면 한국에 가도 되나요?"

"꺄린, 어른이 되면 네가 원하는 대로 하렴. 아빠는 항상 꺄린 편이야."

"고마워요, 아빠."

엄마는 연극을 하고 마을의 시장도 했지만 아빠는 늘 조용히 일만 했다. 주말이면 우리는 뻬흑슈 자연농원(Parc naturel régional du

Perche)으로 소풍을 가기도 했다. 까린이 다섯 살쯤에 3살 어린 남동생 자비에를 입양했는데, 엄마의 모든 사랑은 남동생에게 쏟아졌다. 그에게 엄마의 농장을 물려줄 것이라는 말을 자주 했다.

사춘기 무렵, 텔레비전에서 북한의 모습을 보았다. 핵무기가 있었고 모두가 로봇처럼 일사분란하게 마스게임을 했다. 독재자의 모습도 보였다. 까린 가족이 사는 몽랑동(Montlandon)에서는 동양인을 볼 수 없었다.

까린은 유일한 동양인 얼굴인 동생의 얼굴을 유심히 바라보았다. 검은 머리, 아몬드 같은 눈, 작은 코, 꿀색 피부. 이렇게 생긴 사람들이 가득한 곳에 살면 어떤 느낌일까. 까린은 늘 혼자 다르게 생긴 느낌 말고, 비슷하게 생긴 사람들이 가득한 장소에 서 있는 기분이 궁금했다.

엄마는 자비에가 엄마를 닮아 쾌활하다고 했다. 키우면 진짜 자식이 되는 느낌이라고 이웃들에게도 말했다. 자비에는 자라면서 교활해졌다. 엄마의 사랑을 받으면 어떤 이익이 생기는지 터득했다. 까린은 그들이 입양된 아이들에게 어떤 기대를 하고 있는지 알았지만, 그들의 기대에 맞추지 않았다. 까린은 여느 프랑스 아이들처럼 친구들과 늦게까지 놀고 대들었다. 그것은 양부모가, 특히 엄마가 딸에게 기대한 것은 아니었다.

갈등의 끝자락

꺄린의 양엄마는 우아하고 교양 있는 사람이었다. 거실에는 서로 다른 모양의 고급 소파가 어우러져 있었고, 바닥에는 먼지 하나 없는 카펫이 깔려 있었다. 흙이 묻은 신발로는 절대 카펫을 밟아서는 안 되었다. 식탁 위에는 항상 생화가 가득 꽂혀 있었다. 장식장은 해외여행을 다니며 사서 모은 인형들로 가득했다(꺄린은 부모님과 해외여행을 가 본 적은 없다). 정원에는 각종 허브와 꽃나무가 보기 좋게 피어 있었다.

꺄린은 어릴 때부터 두 개 이상의 장난감을 가져서는 안 되고 계절에 두 벌 이상의 옷을 가져서도 안 되었다. 책도 최소한의 책만이 허락되었고, 방에는 침대와 책상, 옷장을 제외하고는 그 어떤 물건도 놓아서는 안 되었다. 다른 아이들처럼 음악 시디도 없었고 구두도 없었다. 스키를 배운 적도, 피아노를 배운 적도 없었다.

그렇다고 엄마가 꺄린을 학대한 적도 없었다. 그녀는 무료 공립학교에 딸을 보냈고, 교회에서 옷을 얻어다 입혔다. 어느 날 밤, 꺄린은 엄마가 아빠와 나누는 이야기를 듣게 되었다.

"피에르, 나 어쩌면 좋아."

"왜? 무슨 고민이 있어?"

"꺄린에게 정이 들지 않아."

"여보, 그런 말을 하다니…."

"나도 알아. 내가 선택한 일이고 나는 정말 좋은 엄마가 되고 싶었어."

"당신은 꺄린에게 잘해 주잖아."

"잘해 주는 거랑 사랑하는 것은 달라. 나에게 그 애는 내 반의 학생들과 다를 바가 없어."

"시간이 좀 더 지나면 사랑하게 되지 않겠어?"

"나는 그 애가… 오, 이러면 안 되는데."

엄마는 흐느끼며 머리를 감싸 쥐었다. 꺄린을 사랑하지 못하는 죄책감에 괴로워했다.

"나는 그 애가 사랑스럽지가 않아."

"여보, 불쌍한 애야. 당신은 좋은 사람이고."

"나는 그 애를 안아 줄 수가 없어. 그 애의 발걸음 소리도 듣기 싫고 목소리도 싫어. 내 마음이 지옥이니 내가 그 벌을 받겠지."

"당신 탓이 아냐. 당신과 꺄린이 어울리지 않는다 하더라도 우리가 일을 되돌릴 수는 없어."

고작 열한 살이었다. 꺄린이 엄마의 마음을 알아 버린 것은. 꺄린은 집 안에서 발뒤꿈치를 들고 소리 내지 않고 걸었고 말도 별로 하지 않았다. 있는 듯 없는 듯 조용히 지냈다. 꺄린의 취미는 정원에서 혼자 춤을 추는 것이었다. 엄마는 일을 하지 않을 때는 여행이나 공연 관람 등으로 자주 집을 비웠고, 꺄린은 늘 혼자였다.

아빠는 엄마를 늘 공주처럼 모셨다. 엄마는 식사 때가 되면 상냥한 목소리로 같이 밥을 먹자고 했고 심한 꾸지람도 하지 않았다. 열네 살 때 꺄린은 친구 집에서 늦게까지 놀다가 집에 밤 12시에 들어왔다. 엄마는 꺄린이 연락도 없이 늦게 왔다고 화를 내었다. 꺄린이 분명 잘못한 것이지만, 아이는 아이대로 엄마와 아빠가 밤에 한 말을 들은 이후 엄마에 대한 착잡한 심정이 쌓여 있던 터라,

"내 엄마도 아니면서 걱정하는 척하지 마."

라고 소리를 질렀다. 그런데 그날은 엄마도 엄마답지 않게 거친 말이 튀어나왔다.

"그럼 네 엄마에게로 가."

"날 사랑하지도 않으면서 왜 데리고 왔어? 다시 한국으로 보내 줘."

"가, 가 버려. 돈만 날렸다. 너 따위를 3,000유로다 주다니. 차라리 개를 데려다 키우지."

"이제야 본심이 나오네. 그동안 가식 떠느라 고생 많았어."

"이래서 인간은 데려다 키우는 게 아냐. 은혜를 몰라."

"너도 잘난 척 코스프레하느라 날 데려온 거 아냐? 어차피? 애도 못 낳는 주제에."

엄마는 꺄린의 뺨을 갈겼다. 그날 그들은 둘 다 제정신이 아니었다.

까린은 사춘기가 되어 짝사랑하는 남자애가 생겼는데, 그 애가 까린에게 못생겼다며 다른 여자애를 사귀었다. 딱히 그 애 때문만은 아니었지만, 까린은 어디서나 천덕꾸러기에다가 사랑받지 못하는 아이였다. 열네 살이었기 때문이었을까. 더 이상 살 필요가 없다고 생각한 까린은 그날 밤 손목을 칼로 그었고, 그대로 욕실 바닥에 쓰러졌다.

엄마는 황급히 쓰러진 까린을 데리고 응급실로 갔고, 회복할 때까지 옆에서 책을 읽거나 뜨개질을 했다. 손목을 여덟 바늘 꿰매고 집으로 돌아왔다. 단 며칠이었지만 그녀는 가끔 까린에게 괜찮으냐고 상냥히 물어봐 주었다. 그럴 때마다 까린은 혹시나 그녀가 자신을 조금이라도 사랑해 주지는 않을까 기대했지만, 이내 그날 밤 엄마의 고뇌가 떠올라 고개를 내저었다.

"엄마."

까린은 침대에 누워 엄마를 불렀다.

"응, 까린."

엄마가 까린을 바라보았다.

"미안해요."

엄마는 잠시 머뭇하더니,

"앞으로 그런 바보 같은 짓은 하지 말거라."

그러고는 방을 나갔다. 딸에게 왜 자살기도를 했냐고는 물어봐 주지 않았다.

연꽃은 진흙에서 핀다

아빠의 권유로 꺄린 가족은 플럼빌리지(Village des pruniers) 캠프에 참가하기로 했다. 꺄린 가족이 사는 몽랑동(Montlandon)에서 플럼빌리지가 있는 테냑(Thénac)까지는 차로 6시간이 넘게 걸렸기 때문에 아침 8시에 서둘러 집을 나섰다. 10시쯤 뚜르(Tours)에 도착하여 커피 한 잔을 마시고 앙굴렘(Angoulême)에서 점심 식사를 했다.

오후 4시가 되어서야 테냑에 도착을 했다. 그곳에서 틱낫한(Thích Nhất Hạnh, Thây) 스님을 만났다. 꺄린은 불교가 무엇인지도 모르고 그녀의 양부모님도 불교신자가 아니었다. 플럼빌리지 명상센터에도 종교와 무관한 수백 명의 사람들이 있었다. 틱낫한 스님은 법회(dharma-saṃgīti') 시간에 아이들을 앞에 앉히고 아이들의 질문으로 법회를 시작하였다.

불교용어는 프랑스어로 따로 없어서 우리는 산스크리트어에서 유래된 베트남어 표기를 따랐다. 베트남어는 포르투갈의 영향으로 문자가 알파벳으로 되어 있어서 읽을 수 있었다. 틱낫한 스님은 프랑스어를 잘해서 '마음 챙김(la pleine conscience)'과 같은 언어를 잘 전달하셨다. 까린은 손을 번쩍 들어 질문했다.

"내 엄마는 어디 있나요?"

스님은 잠시 나를 바라보시더니

"하늘을 봐라."

사람들이 전부 하늘을 향해 고개를 들었다.

"구름이 움직이고 있다. 구름이 사라진다 해도 없어진 건 아니다."

모두 천천히 말하는 스님의 말씀을 조용히 기다렸다.

"비의 모습으로 네 옆에 있을 수도 있다."

그리고 놋쇠 그릇을 울려 그 소리가 퍼지게 했다. 곧이어, 엄마가 질문했다.

"제 분노를 없애려면 어떻게 해야 하나요?"

"당신의 분노가 밖에서 온 것이 확실한가요?"

"제 환경, 경험이니까 외부에서 온 것이 아닐까요?"

"그럼 그 분노를 없애지 마세요."

"네?"

"분노는 진흙과 같고 그 진흙에서 연꽃이 핍니다. 분노를 다스리고 이용하세요. 화는 외부에서 오는 것이 아니라 내면에서 일어나는 것입니다. 그래서 내쫓을 수가 없습니다. 대신 잘 다스리면 화해, 용서, 사랑을 얻을 수 있습니다. 자신의 분노를 들여다보고 그 감정을 이해해 주세요. 분노하는 당신을 먼저 보듬어 주고 사랑해 주세요."

엄마는 눈물을 흘렸다. 그리고 우리 가족은 자연 속에서 함께 걸었다. 꺄린 가족이 플럼빌리지를 한 번 방문한 것으로 이상적인 가족으로 변한 것은 아니지만, 그 경험을 통해 그들은 서로의 감정을 받아들이고 호흡하고 걷는 방법을 배웠다.

외계에서 떨어진 돌멩이

까린은 성인이 됨과 동시에 여느 유럽 아이들이 그러하듯 독립을 했다. 대학생이 되도록 연애 한 번 못해 봤다는 것은 특이한 일이다. 그녀는 엄마뿐만 아니라 타인과도 사랑을 주고받는 표현이 어색했다.

까린은 밤이면 클럽에 가서 춤을 추었다. 눈을 감고 음악에 몸을 맡기고 춤을 추는 그 시간에 그녀는 스스로를 공주라고 상상했다. 사람들의 시선도 느껴졌다. 그러나 음악이 끝나고 눈을 뜨면 자신을 사랑해 줄 것만 같던 사람들도 자기 자리로 돌아갈 뿐이었다. 대신 그녀는 간호사라는 직업을 택해 사람들을 돌보는 일에 정성을 쏟았다. 특히 노인들은 까린에게 고마워했다. 가끔 그녀는 거동이 불편한 노인들 집에서 잠을 자기도 했다.

또래 친구들 중에는 부모가 이혼을 하거나 대마초를 피우는 아이들도 많았다. 실제로 한 친구는 친아버지로부터 폭행을 당하기도 하고, 엄마가 우울증 약을 복용하여 돌보지 않는 경우도 있었다. 까린은 그 친구들의 이야기를 들으며 엄마가 자신을 사랑하지는 않아도 최선을 다하고 있다는 사실을 이해하려 애썼다. 그녀에게 인생에 있어 반항은 무의미했다.

유엔세계보건기구에 따르면, 청소년 자살률이 가장 높은 나라는 대한민국이라고 한다. 이것은 꺄린에게 무척 아이러니한 일이었다. 버림받고 사랑받지 못한 것은 입양된 자신인데 오히려 한국의 청소년들이 힘들어하고 있다니, 그들은 대체 어떤 이유에서 자살을 시도하는지 문득 궁금해졌다. 다정이에게 이유를 물어보니, "이유가 다양하겠지만 학업 경쟁에 대한 스트레스가 가장 클걸."이라고 했다.

프랑스에도 교육열이 높은 집들이 있다. 그런 가정은 고위층에 부유한 가정으로 학군이 좋은 지역에 살며, 자녀를 명문학교에 입학시킨다. 그리고 다양한 예체능과 외국어 과외를 시킨다. 부모는 아이의 학업 수준에 따라 그랑제콜을 갈지, 일반 대학을 갈지 결정하고 일반대학의 진학은 절대평가로 이루어지기 때문에 아이들은 자신이 원하는 전공을 선택하는 데 큰 어려움은 없다.

또한 의대 같은 경우에는 예비과정인 PACES(Première Année Commune aux Etudes de Santé)라는 과정을 통과해야 정규과정에 진학할 수 있기 때문에 오롯이 성인이 된 후 본인의 선택이 된다. 이 과정에서 80% 이상의 학생이 누락된다. 그 학생들은 다른 전공으로 전환하여 진학하면 되기 때문에 대학 입시에서 떨어지는 것과는 좀 다른 문제이다. 꺄린도 의사가 되려고 PACES 과정에 들어갔지만 두 번 낙방 후 간호학과로 전향했다.

OECD 회원국 중에서 교육열이 높은 나라는 일본, 한국, 싱가포르, 핀란드, 캐나다, 네덜란드, 스위스 등이라고 알려져 있지만 경쟁 압박이 심한 곳 1위는 한국이라고 한다. 그들은 아이를 해외로 입양 보내면서 한편으로 자국 내 자녀 교육 경쟁이 심한 나라이다. 경제 성공 신화를 이룩하기 위한 도약 아래 고통받는 수많은 아기와 청소년이 있어 보인다. 결국 누가 행복한 것일까. 굶주림에 고통받는 북한과 인접한 한국의 상황이 경제에 민감하게 만드는 것일까. 꺄린은 다양한 의문에 휩싸였다.

꺄린은 그녀 자신의 개인사도 사회적 · 심리적 · 문화적 · 역사적 문제로 확장하여 그 안에서 이해하려고 애써 본다. 꺄린은 애정 없는 인생에 매몰되어서는 살아 있음을 느낄 수 없다고 생각한다. 실제로 그녀 주변에는 사랑이 가득한 모녀가 많다. 그들은 서로를 위해 눈물을 흘리고 서로 안아 주며 살아간다.

'나는 외계에서 떨어진 돌멩이인가. 왜 나를 사랑하는 이는 아무도 없는가.'

이런 생각은 그녀를 외롭고 지치게 만들었다. 그녀는 스스로를 사랑하기 위해 자신을 이해해야 했고, 그러기 위해서는 한국을 알아야 했다. 한인단체를 통해 몇몇 한국 학생들을 알게 되었는데, 그들은 어느 나라보다도 가족 간의 유대가 끈끈했다. 스페인이나 이탈리아도 프랑스보다 가족관계를 중요시 여기는데, 한국과의 차이점은 무엇일까. 한국은 가족 간 유대도 중요하고 교육열도 높은데 왜 입양을 보낼까.

한국은 개인의 성장이 사회제도에 의지되기보다는 가족 간의 협력에 의지되고 있었다. 즉 ,가족 간 사랑도 중요하지만 서로의 경제적 협력에 의한 유지 또한 중요했다. 프랑스는 실직했을 경우 뽈엉 쁠르와(Pôle emploi)에 도움을 요청하고 아이 교육이나 주택보조 등 다양한 지원금을 국가를 통해 해결해 나간다. 그러나 한국은 가족끼리 돕는 경우가 많다고 했다.

또한 프랑스 미혼모의 경우, 국가에 임신 사실을 알리면 다양한 지원을 받으며 아이의 출산 과정에 일체 의료비용이 들지 않는다. 즉 경제적 궁지에 몰리지 않기 때문에 아이를 포기할 것인지, 키울 것인지 스스로 결정할 수 있으며 대부분의 여성들은 아이를 직접 키우는 것을 당연하게 여긴다. 그러나 한국 여성은 미혼모가 아이를 혼자 키울 여건이 되지 않는다고 한다.

꺄린은 미혼모였을지 모를 내 한국 엄마의 다양한 사회적 환경을 이해하려고 애썼다. 한국에서 아이를 버린다는 것은 결코 쓰레기 버리듯 한 것은 아닐 것이다. 그들의 복지가 부족했고 아이의 인성에 어떤 영향을 미칠지에 대해 무지했다고 여겨진다. 그러나 나날이 발전해 가는 한국을 볼 때마다, 여전히 입양이 관행처럼 진행되고 있다는 점이 의문스러웠다.

이에 꺄린은 인터넷을 통해 한국계 입양인끼리 모임을 만들기로 했다. 우리가 어떤 어려움에 처해 있고 고민이 무엇인지 함께 나누며 서로 돕기로 한 것이다. 꺄린은 검색을 하던 중 '미자'라는 이름을 찾았다.

까린의 홀로서기

축복받지 못한 탄생에 대해 줄곧 죽음을 상상하는 것은 그다지 이상할 것이 없다. 외면당하는 것과 죽음이 뭐가 그리 크게 다르단 말인가. 성장할 때까지 돌봄이 필요한 상태에서 이리저리 옮겨 다니며 구걸하듯 성장하는 것은 까린에게 두려움이었다. 또 누군가를 버리는 부도덕한 어른으로 성장할까 봐 무서웠다. 그 유전자가, 그 잔인함이 뼛속에 새겨질까 그녀는 거울을 볼 때마다 몸서리쳤다.

대학에서 문학을 전공하고 졸업 후 라디오 광고의 고객 서비스 책임자로 취직을 했다. 그곳에서 남자 친구 오브리(Aubry)를 만나 아이를 낳았다. 결혼과 출산의 계획을 세우지 않은 것은 어쩌면 사랑과 생명은 이어져 있다는 확인을 하고 싶었기 때문인지도 모른다. 아들 고안(Goan)은 매력적인 남자아기였다. 까린은 아기를 들여다볼수록 버린다는 것이 이해되지 않았고, 그녀가 버려졌다는 생각이 여전히 머릿속을 떠나지 않았다.

아이를 키우기 위해 더 이상 자신의 죽음에 대해서는 생각하지 않았지만, 그녀는 아이를 낳은 후 친엄마를 찾아야겠다는 확신이 들었다. 한국 식당을 하는 지인의 도움으로 홀트아동복지회를 통해 친엄마의 행방을 알게 되었다. 이를 알게 된 프랑스 엄마는 꺄린에게 말했다.

"네가 너를 낳은 엄마를 찾아 만난다면 그건 나에 대한 배신이야. 나는 너를 더 이상 딸로 생각하지 않을 거야. 선택해라. 너를 키운 나인지 너를 버린 한국 여자인지."

꺄린은 프랑스 엄마를 배신할 생각은 없었다. 그저 자신을 낳은 사람의 얼굴을 보고 어떤 연유에서 버렸는지 알고 싶을 뿐이었지만 프랑스 엄마를 배신할 수는 없어서 끝내 한국 엄마와의 연락을 더 이상 하지 않았다.

아들 고안(Goan)을 키우며 엄마와의 갈등과 함께 오브리(Aubry)와의 갈등도 자랐다. 오브리는 와인을 한 병씩 마시고 나면 폭언을 하며 물건을 부수곤 했는데, 둘째 리암(Riam)이 태어난 후 폭행이 더 해졌다. 그는 급기야 꺄린을 때렸고, 이웃들의 신고로 감옥에 가게 되었다. 꺄린은 병원 치료를 받은 후 그가 사는 곳에서 최대한 멀리 떨어지기 위해 프랑스 남쪽 마르세유로 이사를 갔다.

두 아이의 엄마였던 그녀가 더 이상 물러설 곳은 없었다. 강해져야만 했다. 그녀는 키워 준 양엄마의 뜻에 어긋나지만 한국 엄마를 찾기로 했다. 친엄마를 찾는 것은 배신이 아니었다. 자신의 정체성을 찾고 스스로의 슬픔을 극복하기 위한 방법이었다. 그녀가 온전해야 아이들을 돌볼 수 있다고 생각했기 때문이다.

리암(Riam)은 언어장애가 있어 주 2회 언어 치료를 받아야 했다. 정부로부터 아이 양육 수당으로 각 300유로와 장애아동 수당(Allocation d'éducation de l'enfant handicapé, AEEH) 120유로를 받았다. 또한 장애아동 추가수당(Complément de l'allocation d'éducation de l'enfant handicapé, CAAEEH)과 장애아동 의료비 지원(Couverture maladie universelle complémentaire, CMUC), 보육지원금(Allocation journalière de présence parentale, AJPP)을 받았기 때문에 사는 것은 큰 문제가 되지 않았다.

꺄린은 자녀를 보호하고 부모와 자식 간의 관계를 유지하는 데에 사회적 도움을 받을 때마다 친엄마를 떠올렸다. 꺄린은 사랑하는 자식을 키우고 가정을 유지하기 위해 버틸 수 있는 사회적 보호를 받았다. 그래서 꺄린은 양부모로부터 독립하고 아이의 아빠(혼인신고는 하지 않았으므로 애인)를 격리시킬 수 있었다. 더 이상 그녀를 짓누르는 양엄마도, 아이들의 아빠도 없었다.

폭력을 휘두르는 남성이 전 세계에 얼마나 되는지에 대한 정확한 통계는 없다. 폭력은 남성뿐 아니라 여성도 행사하고 다양한 형태로 나타나기 때문이다. 또한 폭력을 휘두르는 사람은 자신의 위치와 입장에 따라 교묘하게 피해 가기도 한다. 꺄린은 친부의 친모 폭행으로 버려졌고 또 폭력적인 남자를 만나 다시 아이를 혼자 키워야 했다. 일반적으로 남자의 폭력이 여자의 폭력보다 생물학적으로 더 공포감을 조성하는 것은 명백하다. 안타깝게도 꺄린은 가정폭력에 관해서는 운이 없었다.

그녀는 '홀로서기'를 해야 했다. 삼십여 년 쓸모없는 인간이라는 열등감이 직장에서 안정적인 위치를 다지며 조금씩 회복되었다. 급여도 월 3,000유로가 넘었고 직급도 대리(Agent de maîtrise)가 되며 회사에 책임감을 느꼈다. 게다가 고안(Goan)도 자라며 든든한 동반자가 되어 주었다.

친엄마를 찾다

파리에서 한국 식당을 하는 박경란 씨의 도움으로 꺄린은 친엄마와 연락이 닿았다. 그녀는 고안에게 리암을 맡기고 파리로 갔다. 혼자서는 엄마와 이야기를 나눌 수 없어 경란 씨 식당으로 가서 그녀와 함께 통화를 하기로 했다.

"희정이니?"

가느다란 목소리가 들려왔다. 꺄린은 경란 씨를 바라보았다.

"Elle dit que vous vous appelez Hee-Jung(당신 이름이 희정이라고 해요)."

꺄린은 온몸에 전율을 느꼈다. 궁금했던 자신의 이름. 꺄린은 생소한 이름이 발음하기 어려워 경란 씨에게 종이에 알파벳으로 적어달라고 했다. 그리고 수도 없이 자신의 이름을 되뇌며 기억했다. 엄마는 딸을 버린 적이 없었다고 했다. 엄마는 아빠로부터 폭행을 당한 뒤 아이도 빼앗기고 빈손으로 쫓겨났다고 했다. 그 후 아빠의 새 부인이 희정이를 고아원에 맡긴 후 입양을 보낸 것이다.

엄마는 모든 사실을 몰랐다고 했다. 엄마의 동의도 없이 이루어진 일이었다. 엄마는 딸을 찾기 위해 여러 번 남편을 찾아갔고 고아원도 찾아다니며 딸을 수소문했다고 했다. 이제 딸을 찾았으니 죽어도 여한이 없다고 했다. 40여 년간 딸을 한 번도 잊은 적이 없었다고 했다.

'아, 신이시여.'

꺄린은 절로 탄식이 새어 나왔다. 수십 년 지구 어느 편에서 딸을 그리워하며 눈물짓는 사람이 있다는 것을 알았다면, 꺄린은 자살기도를 하지 않았을 것이고 스스로를 버림받은 쓰레기라고 생각하지 않았을 것이다. 그녀는 자신을 사랑했을 것이고 보다 당당했을 것이다. 엄마의 사진을 보았다. 눈빛이 자신과 똑같았다.

꺄린은 한국행 비행기를 탔다. 40년이나 기다렸는데 더 이상 어떻게 기다릴 수 있겠는가. 엄마와 명동의 한 호텔에서 만났다. 약속장소와 시간은 프랑스에 있는 한국인이 메신저로 연락을 대신 해 주었다. 한눈에 보아도 엄마인 듯한 사람이 나타났다. 모녀는 그 자리에서 말없이 부둥켜안고 한참을 울었다. 꺄린의 지난 세월의 설움과 엄마의 설움이 한데 엉켜 눈물로 쏟아져 나왔다.

그들은 하고 싶은 말은 목구멍까지 차올랐지만 한마디도 주고받을 수 없었다. 꺄린은 보고 싶었다고, 엄마를 상상하지 않은 날이 없었다고, 자신에게도 엄마가 있었으면 좋겠다고 생각했다고 말하고 싶었다. 사랑한다고, 원망하지 않는다고도 말하고 싶었다. 그렇게 속으로 말하며 엄마 얼굴을 바라보았다.

엄마는 자식 빼앗긴 고통스러운 나날을 쏟아 내고 싶었으나 "희정아, 희정아."라고 이름만 부를 뿐이었다. 한국은 2000년대에도 여자 혼자 아이를 키우는 여건이 좋지 않았다고 한다. 2005년에 호주제가 폐지되었지만 여전히 미혼모가 아이를 키우는 일은 사회적 시선이 나빠 결혼하지 않고 임신한 여성의 96%가 낙태를 한다고 했다.

서울은 높은 빌딩도 많고 자동차도 많았다. 사람들도 잘 입고 다니며 곳곳에 고급 카페도 많았다. 그러나 미혼모 시설에서 정부 보조로 아이를 낳은 여자가 아이를 입양 보내길 원하지 않는다면 그간 들어간 여러 비용을 물어내야 아이를 되찾을 수 있다고 했다. 사회적 시스템이 여자와 아이에게 불리했다.

까린은 엄마와 함께 하룻밤을 보내고 다음 날 식당에 갔다. 까린의 양부모가 특히 프랑스 엄마는 입양한 딸이 한국과 관련된 어떤 것도 하기를 원하지 않아서 젓가락질이라든가 문화를 전혀 알지 못했다. 까린은 처음으로 한국 식당에서 한국 음식을 보았다. 비빔밥은 그녀의 입맛에 딱 맞았다.

그녀는 2박 3일의 일정으로 한국에 왔지만 한국어를 공부해서 엄마와 이야기를 해야겠다는 강한 동기가 생겼다. 그리고 자신의 아이들에게도 엄마가 한국 사람임을 자랑스럽게 이야기해 주고 싶었다.

"엄마는 자식을 키우지 못한 죄로 너에게 할 말이 없다. 하루하루 너의 행복을 빌며 살 거다. 그리고 부처님이 부르시는 날 떠날 거다. 사랑한다, 희정아."

엄마는 종이에 글로 썼고 까린은 사진을 찍어 파리의 지인에게 전

송하여 번역된 메시지를 받았다.

“엄마는 나를 버리지 않았어요. 엄마도 돈이 있었다면, 권리가 있었다면, 도움의 손길이 있었다면 나를 키웠을 거예요. 엄마가 더 이상 슬퍼하지 않았으면 좋겠어요. 불행한 국제 입양이 일어나지 않도록 한국의 시스템이 바뀌도록 목소리를 낼 거예요. 엄마, 이제 엄마를 만나서 저는 새로 태어났어요. 우리 함께 의지하고 사랑하며 살아요.”

엄마는 자녀를 배에 품고 낳아서 젖을 먹인다. 밤새워 아이를 돌보고 기저귀를 간다. 모녀의 상처가 사라지진 않지만 상처를 이겨낼 힘을 얻었다. 엄마니까. 엄마가 있는 딸이니까.

Ⅲ

매튜(Matthieu) 이야기

여섯 살 희철이의 그리움

호텔 이름, 고시원

매튜는 다정의 소개로 연신내의 고시원에 숙소를 예약했으나 198㎝인 그의 키와 고시원의 침대 길이는 맞지 않았다. 그리고 그는 순간 그곳이 수용소가 아닌가 착각했다. 트레이닝복을 입고 머리는 반쯤 벗겨진 아저씨들이 구부정하게 돌아다니고 있었고, 복도는 어두컴컴했다.

매튜가 숙소를 취소하고 돌아서려는데 주인아주머니가 그를 붙잡았다. 아주머니는 그에게 따라오라는 손짓을 했다. 한 층 더 올라가자 부부가 사는 집이었다. 아주머니는 안방 문을 열고 손가락으로 가리키며 매튜를 보았다. 방은 널찍했고 침대는 2인용이라 발이 조금 튀어나가도 편히 잘 수 있을 것 같았다. 아주머니는 종이를 가져와 '+100,000'이라고 썼다.

매튜가 머뭇거리자 '600,000'이라고 다시 쓰고는 그 숫자 위에 X자를 치고 그 밑에 '500,000'을 쓰고 동그라미를 쳤다. 60만 원은 받아야 하는데 특별히 50만 원에 방을 내준다는 뜻이었다. 애초에 고시원은 40만 원이라고 전해 들었으나 위층 부부가 사는 안방을 내줄 터이니 10만 원씩만 더 내고 머물라는 것이다. 당장 새로 집을 구할 방도가 없는 매튜는 당분간 그곳에 머물기로 했다.

그 방은 원래 아저씨가 쓰는 방이었으나 아줌마는 아저씨의 옷가지를 몇 개 들고 나와 거실 소파 옆에 두었다. 아줌마는 아침마다 딸 집으로 갔다. 딸이 얼마 전 아기를 낳아 돌봐 주러 간다고 했다. 아줌마는 아저씨의 의사도 묻지 않고 아저씨를 거실로 내쫓았지만, 아저씨는 아무 말도 하지 않고 소파에서 잠을 자며 텔레비전을 우두커니 봤다.

오전 11시쯤 매튜가 일어나 거실로 나오면, 아저씨는 식탁 위에 있는 고구마를 건넸다. 매튜는 고구마를 처음 먹어 보았지만 매우 맛있다고 생각해 여러 개를 먹었다. 우유와 함께 먹으니 감자보다 맛있었다. 젊은이가 잘 먹는 게 기특한지 아저씨는 삶은 계란과 숭늉도 건넸다. 매튜는 계란 2개와 고구마 3개, 우유 두 컵, 숭늉 한 사발 정도는 주는 대로 냉큼냉큼 잘 먹었다. 아저씨는 흐뭇한지 고구마 껍질을 까 주기도 했다.

매튜가 한국어를 배우러 외출을 하고 돌아와도 아저씨는 아침에 텔레비전을 보던 자세 그대로 앉아 있었다. 저녁에 아주머니가 들어와도 흘끗 한 번 볼 뿐, 아저씨는 아줌마와 이야기를 나누지 않았다. 그 부부는 익숙한 듯 각자의 역할을 할 뿐이었다. 저녁에 아저씨는 소주 한 병과 멸치, 고추장을 놓고 술을 한잔했다. 매튜가 거실로 나오자 아저씨는 빈 술잔을 하나 들어 보였다.

매튜가 아저씨 옆에 앉자, 아저씨는 빈 잔을 채워 주었다. 매튜가 홀짝 마시자, 아저씨는 마른 멸치 대가리에 빨간 고추장을 모자처럼 콕 찍어 건넸다. 매튜는 이렇게 작고 선조한 생선은 처음이지만 받아먹었다. 고추장의 매운맛이 혀를 자극하자 그는 혀를 내밀고 손을 연신 저어 댔다. 아저씨는 처음으로 소리 내어 껄껄 웃었다. 아저씨 목소리는 처음 듣는 것 같았다.

아저씨는 다시 매튜의 빈 잔에 소주를 따라 주었다. 매튜는 몇 잔을 연거푸 마셨지만 소주의 적은 양은 간에 기별도 가지 않았다. 슈퍼에 가서 위스키 한 병을 사 와 아저씨 옆에 앉아 마셨다. 매튜가 아저씨에게 한 잔 마셔 보겠냐고 술을 들어 보였지만, 아저씨는 손을 내젓고 소주만 마셨다. 아저씨는 소주 한 잔에 멸치 한 마리를, 매튜는 위스키를 그렇게 나란히 앉아 축구를 보며 마셨다.

다음 날도 아줌마는 딸 집에 손녀를 보러 나갔고, 아저씨는 매튜에게 사골곰탕면을 끓여 주었다. 매운 것을 못 먹는 매튜를 배려한 듯했다. 매튜를 위한 라면을 대접에 비워 내고는 같은 냄비에 본인이 먹을 신라면을 끓였다. 매튜는 사골곰탕면 하나에 고구마 3개, 삶은 계란 2개를 먹었다.

"하우 올드 아유?"

아저씨가 영어로 나이를 물었다. 대화를 한 건 처음이었다.

"트웨니 에잇."

스물여덟이라고 대답했다.

"유 마덜?"

아마도 엄마를 찾았냐는 뜻 같았다. 매튜는 "노우"라고 대답했다.

"Where did you learn english?"

영어를 어디서 배웠냐고 묻자 아저씨는 "American soldier." 미국 군인이라고 답했고, 그들은 다시 침묵했다.

매튜가 고시원 주인 부부의 집을 떠날 때 아주머니는 그동안 매튜가 먹은 고구마와 계란값으로 20만 원을 더 내놓으라고 했다. 매튜가 돈을 못 주겠다고 하자 아주머니는 경찰을 불렀다. 경찰은 자초지종을 듣더니 황당해서 그냥 돌아갔고, 아주머니는 현관 앞에 자리를 잡고 앉아 매튜가 나가지 못하도록 했다.

매튜는 그 상황이 우스웠을 뿐 두렵거나 기분 나쁘지는 않았다. 이 한국 아줌마는 이렇게 돈을 벌었구나. 이 건물 하나를 갖기 위해 이 여자의 인생은 이렇게 저질스러웠겠구나. 그런 연민마저 들었다. 매튜는 편안하게 방으로 돌아가 누웠다. 그의 낙천적인 성격은 정말 속된 말로 멘탈 갑이었다.

그는 부잣집 도련님이 아니었다. 여섯 살에 엄마 품을 떠나 고아원을 거쳐 낭트로 갔을 때, 그는 이미 이 세상 두려움은 다 겪어 낸 듯했다. 아저씨는 소파에 앉아 티브이를 보고 아주머니는 현관 앞에 한참 앉아 있더니 좀이 쑤신지 아저씨에게 살짝 슈퍼에 다녀온다고 하고는 문을 소리 나지 않게 조심스럽게 열고 나갔다.

5분쯤 지나자, 아저씨는 매튜에게 얼른 가방을 들고 나가라고 일러 주었다. 매튜는 빙긋 웃으며 아저씨에게 손을 흔들고는 성큼성큼 걸어 나왔다. 30분쯤 후 아주머니가 집에 도착했을 때 방방 뛰며 뭐

하고 애를 안 잡아 뒀냐고 성화였지만, 아저씨는 슬그머니 일어나 부엌으로 가 목을 축일 뿐 대꾸하지 않았다.

그날 저녁, 매튜는 클럽에 가서 음악에 몸을 맡겼다. 양주도 한 병 시켰다. 28만 원이었다. 그는 흥겨웠다. 눈을 지그시 감고 인생을 즐겼다. 1,500원 하던 호박이 2,000원이라 돌아서는 할머니, 고구마 값 내놓으라고 경찰을 부른 아주머니, 방값을 벌기 위해 두 달간 남편을 거실에서 재우는 부인, 자식을 키우지 못해 먼 나라로 보내고 멍든 가슴으로 살아가는 엄마.

그들의 얼굴이 클럽의 조명과 함께 빙글빙글 돌면, 그는 한시름 잊을 수 있었다.

엄마를 만나다

한국에 온 지 2주쯤 지났을 때, 매튜는 일산에 사는 한국 엄마를 찾아 연신내에서 만났다. 말이 통하지 않아 다정이를 불렀다. 엄마는 낮에는 식당, 밤에는 대리기사 일을 하고 있었다. 셋이 앉았지만 재회의 기쁨도 슬픔도 없이 잠시 침묵이 흘렀다. 매튜는 엄마 얼굴의 수심을 보고 반대로 빙긋이 웃어 보였다.

"어릴 때 얼굴이 그대로 있네요."

매튜의 미소 짓는 얼굴을 보더니 엄마가 먼저 입을 뗐다. 매튜는 메뉴판의 사진을 보며 뭐가 맛있는지 알아내려고 호기심 있는 얼굴로 집중했다. 그리고 다정이에게 고기류를 주문해 달라고 부탁했다. 돼지고기를 데리야끼 소스에 구운 안주와 소주를 시켰다. 매튜는 배가 고파서 맛있게 먹었다. 그가 소주 한 병과 안주 한 접시를 다 비우는 동안 엄마는 다정이와 한국어로 이야기를 나누었다.

"희철이 아빠도 키가 컸지요. 우리는 희철이 6살 때까지 키웠어요. 집도 없이 빈털터리로 아이와 집을 나와서 애는 고아원에 보내고 나는 숙식 제공 식당으로 들어갔어요."

"왜 나오셨는데요?"

"가정폭력이 심했고 아이를 유치원도 못 보내는 형편이었으니 미래가 없었어요."

"희철이 아버님과 연락은 하세요?"

"죽었어요, 몇 년 전에. 간암으로."

"네…. 그 뒤로 어떻게 지내셨어요?"

"희철이를 고아원에 잠시 맡긴 거였는데 아이가 사라졌어요. 부잣집에 입양 갔다길래 마음을 접었어요. 사진으로 양부모 집을 보니 영화에서나 나올 듯한 저택이었어요. 내가 키우는 것보다 더 잘 먹이고 공부도 가르칠 텐데. 못난 엄마가 자격도 능력도 없이 붙들고 있으면 뭐 해요."

"Qu'est-ce qu'elle te dit(엄마가 뭐라셔)?"

매튜는 배가 좀 차오르자 다정이에게 무슨 이야기를 주고받았는지 물었다. 다정이는 고개를 끄덕이고는 매튜의 이름을 알려 주었다.

"Ton nom est Heechul(네 이름이 희철이래)."

"무슨 희철이에요?"

다정이가 정 여사에게 물었다.

"장요."

"Jang Heechul(장희철이래)."

매튜는 자세한 이야기는 나중에 다정이에게 듣기로 하고 그들의 대화에 끼어들지 않기로 했다. 그리고 다른 메뉴 하나를 더 시켜도

되냐고 물었다. 엄마는 매튜의 의도를 알아듣고는,

"많이 먹으라고 해요. 키가 커서 많이 먹을 거야."

매튜는 양배추와 면을 함께 볶아 낸 안주를 한 접시 더 먹고는 이제야 배가 불러서 "맛있다, 맛있다."라고 한국어로 말하며 엄마 얼굴을 바라보았다.

"Je suis content de la voir."

매튜의 말을 다정이가 정 여사에게 전달해 주었다.

"어머니 뵈어서 기쁘대요."

"난 슬프네요."

"Ta mère dit qu'elle est triste(엄마는 슬프시대)."

다정이가 프랑스어로 다시 매튜에게 전달했다.

"Pourquoi? Je suis content de la voir, pourquoi est-elle triste(왜? 만나면 기쁘지 왜 슬퍼)?"

"만나면 기쁘지 왜 슬프냐고 해요."

"슬프지 어떻게 기뻐, 이 녀석아."

엄마는 매튜에게 한국말로 말했다.

"Ta mère dit qu'elle est triste(어머닌 슬프다고 하셔)."

다정이가 통역했다.

"C'est triste quand on ne peut pas se rencontrer, mais on est heureux quand on se rencontre(못 만나면 슬프지, 만나면 기쁘지)."

매튜가 말했다. 다정이는 그의 말을 엄마에게 전했다.

"만나도 슬퍼."

엄마가 말했다. 엄마와 매튜는 서로 기쁘다 슬프다고 옥신각신했고, 다정이는 계속 통역했다. 매튜는 엄마와 함께 나누는 대화가 좋았다. 엄마가 뭐라고 말하든 메튜는 임마의 표정과 목소리가 좋았다. 엄마의 말을 이해하지 못하니, 엄마의 목소리와 표정에 집중할 수 있어서 더 좋았다. 다 알면 감당이 안 될 것 같았다.

다정이 이야기

정 여사는 매튜의 감정을 이해하지 못했다. 그러나 다정이의 눈에는 그들 사이에 더 깊은 애정이 보였다. 엄마를 기쁘게 하려는 아들의 표정, 6살 그때의 얼굴로 엄마를 위로하려는 아들의 모습이 보였다. 슬픔을 잊어버린 모습을 엄마에게 보이고 싶어 하는 아들의 애씀이 보였다. 매튜가 엄마를 잊었다면 알코올에 빠지지 않았을 것이다. 사실 매튜는 해맑은 미소를 짓고 있지만 프랑스에서는 알코올에 빠져 있었다.

다음 날, 정 여사는 다정이 없이 매튜를 만나 등산복 가게에 가서 백만 원짜리 옷을 사 주었다. 그녀의 전 재산이었다. 한국에서 그처럼 긴 다리에 맞는 옷을 찾기 힘들었지만 정 여사는 기가 막히게 찾아내어 아들에게 옷 한 벌을 해 주었다.

며칠 후, 매튜는 엄마에게 나이트클럽에서 놀다가 잠바를 잃어버렸다고 했다. 엄마가 다시 사 주겠다고 했지만 매튜는 거절했다.

"Dajeong, dis-moi de la boîte de nuit la plus populaire de

Corée(다정, 한국에서 가장 핫한 나이트 좀 알려 줘)."

매튜가 다정이에게 전화를 했다.

"Ah bon? Je ne sais pas, mais je vais me renseigner(그래? 난 잘 모르는데 한번 알아볼게)."

"Ma mère m'a acheté une veste pour un million de won, mais je l'ai laissée au club et je suis partie. haha. J'ai trop bu ce jour-là(그런데 나 엄마가 백만 원짜리 잠바 사 줬는데 클럽에 놓고 나왔어. 하하. 그날 술을 너무 마셨지 뭐야)."

"Oups… c'est dommage(저런… 그 비싼 걸)."

"J'ai dit à ma mère et elle m'a dit qu'elle l'achèterait à nouveau. J'ai donc refusé(엄마한테 말했더니 또 사 주겠다고 하더라. 그래서 괜찮다고 했어)."

"As-tu dit à ta mère(엄마한테 말했어)?"

"Bien sûr(응)."

"Ugh… tu n'aurais pas dû lui dire(어휴… 말하지 말지)."

"Pourquoi est-ce que je mens? Si je suis perdu, je dois dire que je suis perdu(왜 거짓말을 해? 잃어버렸으면 잃어버렸다고 해야지)."

"J'ai peur qu'elle soit déçue(미안하니까)."

"Je ne peux pas mentir juste parce que je suis désolé pour l'autre personne(미안하다고 거짓말을 할 수는 없어)."

"D'accord. Je ne pense pas pouvoir dire la vérité si je suis désolé pour l'autre personne(그래. 나 같으면 미안해서 말 못할 텐데)."

"Il ne faut pas se cacher pour ne pas décevoir les autres. Il semblerait que mentir est tout simplement une manière de cacher notre peur. Oh, et j'ai retrouvé ma grand-mère. je déménage chez grand-mère(상대가 실망한다고 해서 감출 수는 없어. 거짓말이라는 것은 자신의 두려움을 감추는 방법일 뿐이야. 참, 그리고 나 할머니 찾았어. 할머니 집으로 옮길 거야)."

매튜가 밝은 목소리로 말했다.

홍제동 할머니 집

3호선 홍제역에 내려 골목을 따라 올라가면 집들이 올망졸망 있다. 고층 아파트 사이 골목에 시간을 거스른 흔적이 남아 있다. 하늘색 페인트칠이 된 대문 옆 담벼락에는 벽화가 그려져 있다. 성인 남성 키보다 작은 대문을 들어서면 방 두 개에 부엌이 있는 집이 있다. 방 하나에는 매튜의 사촌누나가 지내고 있었고 또 다른 방에는 큰아버지와 큰엄마, 할머니 방은 부엌이었다. 싱크대와 현관 사이에 이불을 깔고 그곳에서 생활하셨다. 밥상에는 할머니 약이 놓여 있었다.

프랑스 낭트 매튜의 집은 3층집이다. 방이 6개다. 각자 방을 하나씩 쓰고 서재와 손님방이 있다. 창문을 열면 정원이 보인다.

큰아버지와 큰엄마, 사촌누이는 전부 일을 한다. 큰아버지는 공사장에 나가고 큰엄마는 식당, 누나는 카페에서 아르바이트를 한다. 할머니는 온종일 집에 앉아 계신다. 그러나 앉아서 파도 다듬고 마늘도 까고 콩도 까고 여러 일을 하신다. 정 여사가 남자 친구랑 사는데 사이가 안 좋아서 매튜를 큰아버지 댁에 부탁했다. 그녀는 동서에게 반찬값으로 30만 원을 주었다.

매튜는 머리를 싱크대 쪽에 발을 현관 쪽으로 하고 대각선으로 누워 잤다. 그 옆에는 할머니가 누웠다. 할머니 키는 쪼그라들어 148㎝이다. 손자인 매튜랑 50㎝ 차이가 난다. 매튜는 슈퍼에 가서 소주 한 병을 사 왔다. 프랑스에서 그는 한 병에 8~9만 원짜리 위스키를 마셨는데 한국 소주는 1,500원이었다. 맛도 좋았다.

첫날 저녁엔 돼지불고기를 해서 온 식구가 둘러앉아 먹었다. 그 집은 커다란 텐트 같았다. 자는 곳과 먹는 곳과 이야기를 나누는 곳이 한 장소였다.

다음 날 아침, 가족들이 아침을 먹기 위해 매튜를 깨웠다. 그들은 흰쌀밥과 김치, 김 그리고 계란프라이, 된장국으로 아침을 먹는다. 그들은 계란 프라이를 한 개씩 먹었다. 매튜에게 몇 개 먹을 거냐고 묻길래 그는 손가락 10개를 들어 보였다. 그들은 매우 놀라며 매튜에게 계란 프라이 10개를 주었다. 아침을 먹고 나면 큰엄마는 설거지를 하고 사촌 누나는 화장을 한다. 모두 밥벌이를 하러 떠나고 나면 할머니는 앉아서 거실을 닦는다. 매튜는 그 모습이 너무 재미있었다. 프랑스 집에서는 대걸레를 이용해 서서 닦는데 할머니는 엎드려서 닦는 것도 아니고 밥을 먹었던 그 자세로 엉덩이를 옮겨가며 거실을 닦았다. 매튜도 할머니를 따라 해보고 싶었다. 긴 다리를 겨우 양반다리로 접어 앉은 자세로 팔을 휘젓자 그만 발라당 뒤로 넘어지고 말았다.

정 여사 이야기

정 여사가 다정이에게 전화를 했다. 큰엄마가 매튜를 힘들어한다는 내용이었다. 한국 사람은 손님이라고 매일 고기반찬을 해 주는데 그들로서는 힘겨운 노릇이라고 했다. 큰엄마 전화를 받고 정 여사가 그녀에게 반찬값을 더 보냈지만, 더 이상 좁은 집에 조카를 데리고 있을 수 없다고 했다.

엄마는 매튜에게 어떻게 말해야 좋을지 모르겠다고 의논을 해 왔다. 다정이는 매튜에게 말하는 것은 어려운 일이 아니라고 했다. 다정이는 매튜에게 전화를 걸어,

"Ta famille souhaite que tu restes dans une autre résidence(너의 가족은 네가 다른 숙소에 머물길 원해)."

"Aucun problème(문제없어)."

문제는 아주 쉽게 해결됐다. 프랑스인들은 의사를 명확히 전달하는 것을 좋아하고, 그 일로 인해 상처받지 않는다. 숙소를 옮기길 원한다는 구체적인 이유도 매튜에겐 관심 없는 일이었다. 설명한다 해

도 이해하지 못한다.

매튜는 신촌의 고시원으로 이동하여 여전히 신나게 지낸다. 고시원은 밥과 김치가 무료라서 매튜는 계란을 한 판씩 사서 마음껏 아침을 먹고 늘어지게 자다가 산책을 한 후 저녁이면 소주를 마시며 시간을 보냈다. 그러다가 이화여대 한국어학당에 등록해서 한국어를 배우기 시작했다. 입양인들은 할인이 된다.

“Pourquoi tu es t’ inscrite à l'Ewha Womans University ? L'université Yonsei et l'université Sogang s'y trouvent également(왜 이화여대에 등록했어? 연세대도 있고 서강대도 있는데).”

“Je pense qu'il y a beaucoup de femmes(여자가 많을 것 같아서).”

매튜가 웃었다. 그는 여전히 장난기가 가득하다.

“Te souviens-tu de ton enfance(어릴 때 생각나)?”

매튜가 말없이 고개를 끄덕인다. 여섯 살이라는 나이는 엄마가 세상에서 가장 좋은 나이이다. 엄마가 온 우주인 나이이다. 자식을 키워 보니 그렇다. 그 고사리손을 어찌 모르는 이에게 넘겼을까. 정 여사는 자식을 먹이고 가르칠 수만 있다면 가슴이 시커멓게 타들어 가는 건 견딜 생각이었다.

요즘 같으면 생활보호대상자다 한부모가정이다 해서 정부 지원이라도 있다. 그 당시에는 부자 나라에 보낼 수만 있다면 그게 부모가 할 수 있는 최선인 줄 알았다. 이십삼 년이 지났지만 그녀는 여전히 하루하루 생계가 버겁고 아들에게 해 줄 수 있는 게 없었다. 정 여사는 주말이면 매튜를 만나 산책을 하고 삼겹살을 사 주었다. 꿈에 그리던 아들과의 데이트였다.

그러나 그녀는 아들이 돌아가야 한다고 느꼈다. 말도 정서도 멀어진 이십 년이라는 세월은 희철(매튜)이 더 이상 한국에서 뿌리내릴 수 없다고 느꼈다. 무엇보다 아들과 함께 지낼 방 두 칸짜리 월세 보증금도 그녀에겐 없었다. 그녀의 비참함은 그녀에게 중요하지 않았다. 그녀는 엄마였다. 그래서 매튜가 프랑스로 돌아가 직장을 갖고 가정을 꾸리고 살길 원했다.

그와 반대로, 매튜는 엄마와 소통하기 위해 한국말을 공부했다. 한국말은 알파벳과 어순도 모양도 달라 어려웠지만, 엄마를 위해 달려가는 길이었으니 해야만 했다. 엄마와 몇 시에 어디에서 만나자는 이야기가 통했고 맛있다, 사랑해라는 말도 할 수 있었다. 엄마가 쉬는 일요일 1시가 매튜에게는 한국에 머무는 이유 전부였다.

그날도 매튜는 엄마를 만났다. 엄마와의 만남은 프랑스에서의 받은 상처에 바르는 연고 같았다. 어둑한 방에서 혼자 자는 것이 어찌나 무서웠던지 매튜는 밤새 벌벌 떨었고, 프랑스 형들은 매튜를 놀리고 괴롭혔다. 프랑스 엄마는 차가웠고 여섯 살 매튜는 그리움이라는 덩어리가 혹처럼 자라기 시작했다.

사춘기가 되며 그 덩어리는 목을 막았고, 그는 처음엔 와인을 마시다가 나중엔 위스키를 마시기 시작했다. 키가 쑥쑥 자라 여느 서양 남자들보다도 훨씬 커서 모델 제의도 많이 받았다. 날씬하고 동양인의 얼굴에 키가 198㎝나 되니 제발 키가 좀 그만 자랐으면 하고 기도할 정도였다. 그러나 그는 모델 제의를 다 거절했다.

"프랑스 엄마가 너 사랑해 줬어?"

"응."

매튜는 망설임도 없이 거짓말을 했다.

"프랑스 아빠도?"

"응."

"형제도 있어?"

"형 두 명."

"잘해 줘?"

"응."

"프랑스로 돌아가."

"왜 엄마!"

정 여사는 매튜를 바라봤다. 간단한 말이야 통하지만 무슨 말을 더 해 봤자 이해될 리가 없다. 말이 통한다 해도 상처 줄 말밖에 못 할 텐데 할 말도 없다.

"너 가족 있잖아."

"엄마가 가족이다."

"엄마는 돈 없어."

"나 돈 있어. 돈 번다."

정 여사가 철없는 아들의 말에 피식 웃는다.

"한국에서 돈 못 벌어. 프랑스에서 돈 벌어."

"나 싫어?"

"사랑하지."

"왜 가라고 해?"

"사랑하니까."

"나 가면 언제 만나?"

"헤어지는 건 그만하고 싶다."

"무슨 뜻이야?"

"만나면 헤어지고 만나면 헤어지니까 만나지 않는 게…."

정 여사는 말을 잇지 못했다.

"다시 올게."

아들은 청년이 되었고 엄마는 마음이 약해졌다. 아들의 다시 온다는 말이 싫지 않다. 매튜는 한국어 어학당 수업을 마치고 낭트로 돌아가 취업을 했다. 이십 년간 목을 막았던 그리움이 가슴으로 내려갔다. 이제 숨을 쉴 수 있었다. 여섯 살 때 엄마가 공항에서 사 준 비행기를 엄마에게 돌려주었다.

"다시 올게."

매튜를 입양 보낸 이후 정 여사는 다시 아이를 낳지 않았다. 아들은 오직 희철이 하나였다. 세상에서 가장 마음 아픈 것은 그 보드라운 뺨을 만지지 못하고 그 조잘거리는 입에 밥을 먹여 주지 못하는 것이었다. 징그러운 가난이었다. 죽어도 끼고 키웠으면 나았을까.

하지만 정 여사는 매튜를 먹이고 입히고 가르치고 싶었다. 지금도 정 여사는 매튜가 사진에서 본 그 저택에서 근사한 식탁에서 밥을 먹길 바랐다. 좁아터진 홍제동 빌라 부엌에서 자는 것보다는 훨씬 낫다고 생각했다.

한국 친구들

매튜는 다정이를 중심으로 프랑스 유학파 친구들과 모임을 가졌다. 다정이는 매튜보다 나이가 많아서 매튜는 한국말을 배운 후엔 '다정'이라고 부르는 대신 '누나'라고 부르기 시작했다. 모임엔 건축을 전공한 혜수, 의상을 전공한 시우, 와인을 전공한 지민, 어학연수만 한 성민이 함께했다.

매튜는 한국 젊은이들에 관심이 많았기 때문에 그들과 연애관, 결혼관, 직업, 삶에 대한 이야기를 나누고 싶었다. 다정이는 프랑스어가 가능한 한국의 젊은이들을 초대했다. 한국인들은 맥주를 시켰고, 매튜는 위스키를 시켰다.

"Bonjour(봉쥬)."

"안녕하세요."

매튜는 한국말로 인사를 했다. 혜수와 성민은 모범생 타입으로 서울에서 직장을 다니고 있었고, 시우는 부산에서 의류회사를 다니는데 특별히 서울까지 온 것이었다. 지민은 와인학교를 다녔지만 한국에 와서는 일반 회사를 다니고 있었다.

"Je dois me marier parce que je suis le fils aîné, mais c'est difficile de se marier parce que le prix de la maison est trop cher(장남이라 결혼도 해야 하는데 집값이 너무 비싸서 결혼이 힘들어)."

성민이 맥주를 들이켜며 말했다. 매튜는 웃었다. 프랑스에서는 장남과 결혼이 어떤 연관도 없는 데다 결혼할 때 집을 사서 시작하는 사람도 드물다. 대부분 월세로 시작하기 때문이다.

"Tu peux te marier en France(프랑스에서 결혼하면 되잖아)."

매튜가 말했다.

"프랑스에서는 내가 취업도 안 될뿐더러 부모님도 한국에 계시니 한국에 정착을 해야지."

"언니는 결혼하니까 좋아요?"

지민이 전자담배를 문 채로 다정이에게 물었다.

"애가 있는 건 좋은데 시댁 문화는 아직 적응 안 되지만 적응하려고 노력 중이야."

"프랑스에서 결혼하지 그랬어요?"

"나 역시 부모님이 한국에 계시니 특히 엄마와 헤어져 있기 싫었어. 프랑스에서 좋은 남자도 못 만났고. 너는 프랑스에서 연애하지 않았니?"

"했죠. 그런데 계속 백수고 미래가 없더라고요. 평생 국가 보조금으로 살 생각이어서 헤어졌어요."

"매튜, 넌 어때? 여자 친구 있어?"

"없어."

"결혼할 생각 안 해 봤어?"

"해 본 적 없는데."

"결혼할 때 된 거 아냐?"

"결혼은 때가 있는 게 아니라서. 40이든 60이든 해도 되고 안 해도 되고."

"남자는 그래도 여자는 출산 나이가 있으니까 마냥 미룰 수만은 없어."

"그러게요, 언니. 집에서 빨리 결혼하라고 난리예요. 안 그래도 선을 봤어요."

"근데?"

"한의사인데 배 나왔고 키 작아요. 그냥 혼자 살래요."

"외모가 그렇게 중요해?"

"대화도 안 통해요. 자신 없어요. 언니가 참 대단해요. 어떻게 한국 문화에 적응해요?"

"그러게. 다들 불가사의하다고는 해."

"한국에서 결혼이 중요해?"

매튜가 물었다.

"우리 엄마도 빨리 결혼하라고 재촉하세요. 살 빼라고 하고."

혜수가 말했다.

"결혼이라는 것은 어떤 상대를 만나야 하지, 어떻게 결혼이 계획대로 돼?"

"결혼하려고 선보잖아."

시우가 말했다.

"선이 뭐야?"

미튜가 물었다.

"프랑스어엔 '선'이란 단어가 없지. 결혼을 위해 만나는 거야."

"와우~ 놀라운데. 무엇 때문에 결혼 날짜를 정하는 거야?"

"건강한 아기 출산을 위해?"

혜수가 답했다.

"그래야 정상인 취급을 받으니까?"

시우가 농담처럼 말하며 웃었다.

"한국은 결혼해야 정상인 돼?"

"요즘은 결혼 안 하는 사람들도 많아."

"맞아, 한국도 변하고 있지."

"예전에는 남자는 대기업에서 결혼 안 하면 퇴출 아니었나?"

"그건 좀 너무 옛날 얘기고, 요즘은 능력 있는 사람들도 결혼 안 하는 경우 많아."

"왜?"

"애 키우기 힘드니까 연애만 할 거면 굳이 결혼할 이유가 없는 거지. 결혼하면 얽매이는 게 너무 많잖아."

"한국이 아직도 애 키우기 힘들어?"

매튜가 물었다.

"출산율이 세계 최하일걸."

"맞아, 사교육비 때문에."

"사교육 안 시키면 안 돼?"

"다들 시키는 분위기에 내 애만 못 시킬 거면 뭐 하러 애를 낳아. 차라리 안 낳는 게 낫지."

"출산율이 이렇게 낮은데 해외 입양 보낼 아기는 있는 거야?"

"그러게. 낳는 게 힘든 게 아니라 키우는 게 힘드니까."

"사교육 때문에 아이 키우기 힘들다는 게 난 이해가 안 돼."

"경쟁이 심하니까 모 아니면 도지."

"한국 사람은 왜 이렇게 극단적이야? 그럼 결혼 안 하면 동거도 안 해?"

"내 주변엔 없어. 동거하는 젊은이들도 있지만 아직 좋은 시선은 아냐."

"우리 엄만 엄마 친구 아들이 공무원이라고 자꾸 만나 보라고 해요."

"만나 보는 건 상관없지 않아?"

"저도 마음에 좀 걸리는 게, 남자가 절 좋아하지도 않는데 스펙만 보고 그냥 결혼한다고 나오는 게 아직은 좀 그래요."

"하하하, 결혼이 회사 면접이야?"

매튜가 호탕하게 웃었다.

"프랑스는 결혼할 때 조건 안 봐?"

지민이 물었다.

"톱모델급 여자들은 남자 돈을 좀 보긴 하는데, 대부분의 여자들은 안 봐."

"결혼은 현실인데 조건 없이 어떻게 가능해?"

"프랑스는 서로 좋아하면 연애하듯 동거하다가 아이를 원하면 결혼과 무관하게 낳고 기르잖아. 기본적인 인간의 욕구에 대해 부분적으로 국가의 경제적 지원이 있으니까 우선순위가 한국과는 다를 수 있지."

다정이 말했다.

"프랑스나 한국이나 복지정책에 대한 개념과 구축은 19세기 후반에 시작된 것 아냐? 프랑스도 내 조부모님 이야기를 들어 보면 매우 가난했다고 해."

"한국도 꾸준히 법률을 만들고 있고, 노인이나 아이들, 장애인을 돕기 위해 고민하지 않은 건 아냐. 그런데 정말 국가가 만든 복지법안들이 체감된 건 코로나 때 지원금이 처음이지 않아?"

"일제강점기와 전쟁 이후 복구 속도를 보면 세계에서도 놀랄 만한 빠른 성장 속도잖아."

"그건 노력도 있겠지만 역사적으로도 빠른 성장이 눈에 보인 시기였어."

"그 성장 단계에 해외 입양이란 제도가 잘 맞아떨어진 거지."

"해외 입양 제도는 다른 제도와 달리 술과 같은 제도야."

"무슨 뜻이야?"

"적절히 활용되면 인간의 삶을 윤택하게 해 주지만 오남용되면 치명적인 부작용을 일으킨다는 점에서."

"법률은 대개 입법 제안 후 상정되면 심사, 통과를 거쳐 시행되잖아. 그런데 나라가 불안정할 때는 이 법률 사이사이 엄청난 불법들이 개입되고 꾸준한 관리가 필요해. 하다못해 집도 3년마다, 큰 건물은 5년마다 안정성 검사를 하잖아. 나는 입양도 사후관리를 했으면 좋겠는데, 정부가 개입을 안 하지. 나는 운이 좋아 좋은 가정에 입양된 편이고. 적어도 부모가 날 학대하지는 않았거든. 단지 내가 입양된 나이가 이미 6살이어서 말썽을 많이 부렸어. 엄마도 결국 두 손 두 발 들고 날 포기한 경우이고."

"아동학대는 비단 양부모뿐만 아니라 친부모와의 사이, 재혼 가정 사이에서도 이루어져."

"맞아, 양부모는 사실 친부모보다도 더 대단한 사람들이야. 많은 좋은 양부모들이 상처받지 않았으면 좋겠어."

"이미 가족이 된 사이에 정부가 개입한다는 것에 문제는 없을까?"

"난 당연히 정부가 개입해야 된다고 생각해. 부부간에도 해결되지 못할 문제가 생기면 이혼하잖아. 그때 합의이혼도 있지만 국가가 개입해야 할 때도 있어."

"맞아. 조선시대 정조 때도 시집간 며느리가 자살해서 장례를 치렀는데, 그 며느리의 친오빠가 정조에게 읍소해서 정조가 암행어사까지 보내 보니 결국 시어머니가 내연 관계인 조카와 짜고 며느리를 죽인 사건이라고 밝혀졌잖아."

"약자는 스스로를 보호할 수가 없기 때문에 국가의 개입과 도움이 필요하지."

"그런 면에서 아동들에 대한 국가의 개입은 절대적으로 중요해."

"프랑스에서는 'Protection Maternelle et Infantile(PMI)'라는 아동 보호 및 건강 프로그램이 있어서 심리 상담도 지원받을 수 있어."

"한국에서도 다양한 복지제도가 만들어지고 있지만, 출생신고가 되지 않은 아이가 입양을 가는 바람에 미국에서 시민권을 얻지 못해 국적 없는 성인이 된 경우가 있었어."

"태어나면 무조건 출생신고를 하는 거 아냐?"

"보통 엄마나 아빠가 하지. 그런데 미혼모는 출생신고를 할 수 있는데, 미혼부가 출생신고를 하는 것은 쉽지 않다가 2015년부터 가능은 해졌어. 그런데 이 조건은 아이 엄마의 이름이나 행방을 모를 경우이다 보니 실제로 500명 중에 70명만이 출생신고가 가능하다고 해. 게다가 양쪽 부모 모두가 유기한 경우엔 기관에서 임의 출생신고를 할 수가 없어서 주민등록증이 없는 사람도 있어."

"전쟁 시기에, 가정을 이루지 않은 관계에서 태어난, 또는 인공수정이나 대리모를 통해 등등 복잡한 상황에서 수많은 아기들이 태어나고 있으니, 그 아기들이 보호받을 수 있는 법이 마련되어야 할 것 같아."

"억울한 죽음뿐만 아니라 억울한 탄생에도 관심을 기울여야지."

우리들의 대화는 늦게까지 이어졌고 때론 농담도, 때론 각자의 고민도 공유했다. 매튜는 그들이 함께 여러 가지 문제를 의논해 준 것만으로도 한국에 온 것이 후회되지 않았다. 자신의 입양 문제는 개인사에서 조금 더 확대되었다. 그리고 그는 스스로 어떻게 살아 나가는 것이 옳은지 조금 더 생각해 보게 되었다.

Ⅳ

끌로에(Chloé) 이야기

정체성을 잃은 미영이

- 엄마의 하나님
- 모국 방문 행사
- 잊히지 않는 한국
- 뤼미에르
- 어느 한국 아줌마의 이야기

엄마의 하나님

"아빠."

나지막이 불렀다. 끌로에는 건물 밖 낮은 화단에 쪼그리듯 앉아 있는 아빠에게 담배 한 대를 권했다. 아빠는 딸이 주는 담배를 받아 들었다. 이어 끌로에는 아빠에게 라이터를 건넸다. 아빠는 담배에 불을 붙이고는 딸에게 건네주었다. 그녀가 살짝 부는 바람에 라이터를 두세 번 다시 켜고서야 불을 붙이는 동안 아빠는 꼼짝도 않고 담배만 뻐끔뻐끔 피웠다.

끌로에는 아빠 옆에 앉았다. 부녀는 나란히 담배를 피우며 거리를 바라보았다. 지나가는 사람이 한 번 흘끔 쳐다보았지만 바삐 지나쳤다. 끌로에는 아빠가 참 좋았다. 한국에서는 아빠와 딸이 함께 담배를 피우지 않는다고 했다. 그러나 아빠는 딸을 있는 그대로 받아들여 주었다.

어떻게 지냈냐고 묻지 못하고 어떻게 지냈다고 말하지 못하지만, 딸의 담배 연기와 아빠의 담배 연기가 공중에서 부딪히며 말을 하고 있는 것 같았다.

엄마는 한국말을 쉬지 않고 했다. 딸이 알아듣는지 모르는지 개의치 않는 것 같았다. 당연히 알아듣지 못하지만 그녀는 여행을 다니며 찍은 사진을 끌로에게 보여 주었다. 모자에 선글라스를 쓴 짧은 파마머리의 다섯 아줌마들이 다 같이 손을 허리에 얹고 사선으로 서서 찍은 사진들이었다. 엄마의 과거가 궁금하지 않은 것은 아니었지만, 이렇게 잘 지냈다는 것이 끌로에가 궁금한 것은 아니었다.

엄마는 또 한 상 가득 음식을 차리고는 계속 먹으라고 했다. 저녁밥을 먹을 때는 끌로에의 여동생과 여동생의 약혼자도 왔다. 여동생이 아주 간단한 영어 단어를 몇 마디 했지만 문장을 말하지는 못했다. 여동생 이름은 민정이라고 했다. 2년제 간호학교를 나와 간호사로 일한다고 했다. 민정이와 엄마는 그릇을 함께 옮기기도 하고 말도 주고받으며 진짜 가족처럼 보였다.

밥을 먹는 동안 엄마는 반찬 그릇을 이리저리 옮기며 이거 먹어 봐라 저거 먹어 봐라 했다. 정신없고 부산스러웠다. 엄마와 아빠는 민정이를 데리고 살고 있는데 큰딸만 입양을 보냈다. 끌로에는 그 이유를 묻고 싶었지만 영어를 할 줄 아는 사람이 없었다. 그래서 다정이에게 연락을 했다.

"Pourquoi tu m'as abandonné?"

"왜 끌로에를 입양 보냈냐고 물어보는데요."

다정이가 엄마에게 말했다. 사실 끌로에는 왜 버렸냐고 물었지만 다정이는 완곡하게 말을 바꾸어 통역했다.

엄마는 성경책을 가져오더니 여기에 그렇게 쓰여 있다고 했다. 끌로에는 기가 막혀 말이 안 나왔다.

"여기 봐라. 성경에 나온 이 숫자와 너를 입양 보낸 날이 같은 숫자야. 하느님의 뜻이란다. 그래야 네가 잘된다고 했어. 우린 너무 가난했다. 1985년에 너희들은 어리고 먹고살 길이 막막해서 교회를 갔는데 목사님이 너를 하느님의 나라처럼 좋은 곳에 보내 준다고 했다. 미영아, 너는 주님의 뜻으로 좋은 나라에 간 거야."

"Elle est folle ou quoi?"

끌로에는 통역을 듣고 나더니 어이가 없어 엄마가 미친 게 아니냐고 되물었다. 다정이가 통역하지 않자, 끌로에의 엄마 춘자가 물었다.

"선생님, 미영이가 뭐래요?"

다정이는 잠시 난감한 표정을 짓더니,

"하느님의 뜻이라는 것이 이해되지 않는다고 합니다."

"미영이를 입양 보내지 않았다면 우리 집에 큰 재앙이 닥쳤을 거예요. 그 후로 우리는 과일 장사를 해서 돈을 많이 벌었어요. 이 건물도 샀죠. 아래층 다 세주고 지금은 편히 살지요. 하느님의 뜻이 아니고 뭐겠어요."

끌로에가 다정이를 쳐다보았다.

"너희 엄마는 하느님을 깊이 믿고 계셔."

"Elle doit être folle ce qu'elle croit à des bêtises(말도 안 되는 소리를 믿고 있는 걸 보면 미친 게 틀림없어)."

"Chloé, t'abandonner a dû être très difficile pour ta mère.

Alors elle est devenue très croyante. Elle est persuadée qu'elle ne pourrait continuer à vivre que si le fait de t'avoir mis à l'adoption était la volonté de Dieu(끌로에, 엄마는 너를 보내고 많이 힘드셨을 거야. 그래서 교회에 빠졌고 너를 보낸 이유가 하느님의 뜻이라고 믿어야 엄마가 버틸 수 있었을 거라고 생각해)."

"Mais pourquoi n'y a-t-il que maman dans l'image de traîner? Pourquoi papa n'est-il pas sorti avec elle(그런데 왜 놀러 다닌 사진에 엄마밖에 없어? 아빠는 왜 같이 안 다닌 거야)?"

"Quand les femmes coréennes vieillissent, elles traînent entre elles sans mari(한국 아줌마들은 나이 들면 여자들끼리 잘 어울려 다녀)."

"참 이상하네. 한국은 가부장적이라고 들었는데 젊을 때만 순종하고 나이 들면 역전되나 봐."

"자식 다 키워 놓고 나면 여자들도 힘이 세지지."

"남자들은 저렇게 말없이 앉아만 있고. 난 아빠가 불쌍하네."

"일만 하다가 퇴직해서 가족이랑 어울려 놀아 보지 않아서 어색한 거지."

"난 정말 가난해서 날 입양 보냈다고 생각해서 이해하려고 했는데, 사실 한국에 와 보니 너무 잘살고 엄마도 잘 살아서 기분이 이상했어. 배신감이랄까. 이 정도 건물을 갖고 있으면 엄마랑 아빠랑 프랑스에 좀 놀러 와도 되지 않아? 왜 안 오는 거야?"

"그분들은 스스로 여행을 못 다니셔."

"말도 안 돼. 공항 가서 비행기표만 끊어 오면 나를 만날 텐데 왜 못 와?"

"그걸 못하셔."

"민정이가 표 끊어 주면 되잖아."

"해외여행을 안 해 보셨고 영어도 모르셔."

"영어야 배우면 되지. 왜 안 배워?"

"나이가 많으셔서 영어 배우기가 힘드시지."

"인사말만 배우면 되잖아."

"프랑스 사람들은 어릴 때부터 여행이 익숙하지만, 한국 노인들은 스스로 여행을 못 다녀."

"참 이상하네."

끌로에는 저녁 식사를 마친 후, 다시 만길을 보며 손가락 두 개를 입에 맞추었다. 담배 피우러 나가자는 신호를 보낸 것이다. 만길은 다시 말없이 자리에서 일어났다. 춘자는 사위가 될 사람에게 하느님이 보내신 아이이기 때문에 때가 되면 이렇게 찾아오는 거라고 했다.

끌로에가 프랑스로 떠나는 날, 춘자는 끌로에의 두 아이를 위한 한복과 고추장, 건미역과 미숫가루를 선물로 준비했다. 민정은 고급 시계를 선물로 준비했다. 끌로에는 다정이 집으로 와서 선물을 풀어 보더니 우리 애들은 분홍색이 들어간 옷은 안 입고, 고추장과 미역은 해 먹을 줄 모르고, 미숫가루는 마약으로 걸릴 수 있다며 다정이 집에 두었다. 그리고 시계는 이리저리 둘러보더니,

"짝퉁이네. 한국에서는 짝퉁을 선물하기도 해?"

라고 물었다. 다정이는 고개를 끄덕였다.

"아, 프랑스는 짝퉁을 안 쓰는데 한국은 왜 쓰는 거야?"

"글쎄, 진품은 비싸니까?"

"명품은 자기만족으로 쓰는 건데 짝퉁은 자신을 속이는 거잖아. 속이는데 무슨 의미가 있어?"

결국 끌로에는 가족들의 선물을 전부 다정이 집에 두고 떠났다. 다정이는 차마 그 선물들을 한국 가족들에게 돌려주지 못했다.

춘자는 끌로에가 가져온 선물에 대해 초콜릿은 달아서 싫고 푸아그라도 입에 안 맞고 무슨 명품 우산이라는 것도 한국에 쌔고 쌘 게 우산인데 이걸 뭐 하러 사 왔는지 모르겠다고 했다. 모녀의 성격이 너무 닮아서 다정이는 빙그레 웃었다.

모국 방문 행사

2021년 한국에서 '차세대 해외 입양동포 모국 방문' 행사를 고급스러운 힐튼호텔에서 개최했다. 끌로에는 남편 막심과 둘째 아들 오스카와 함께 참가했다. 재외동포재단이 주최하고 외교부가 후원한 이 행사는 3박 4일간의 일정으로 각종 스케줄과 행사가 빡빡했다. 모든 프로그램은 한국어, 영어, 불어로 진행되었다.

개회식에서 재외동포재단 이사장은 "입양동포 여러분들이 성장하기까지 키워 준 양부모는 생명의 은인이며, 생명 자체를 부여해 준 한국의 생부모도 감사하며 마음으로 포용해야 할 분들"이라고 말했다. 끌로에의 양아버지는 그녀를 성폭행했고 양어머니는 방관했다. 끌로에의 생부모는 목사의 이익에 따라 그녀를 입양 보냈다. 끌로에는 이사장의 축사를 들으며 생각했다.

'감사를 해야 한다. 그렇구나. 한국이라는 나라는 이렇게 생각하는구나. 다른 방법은 없구나.'

이어 이사장은

"자라면서 이중 정체성으로 고통받기도 했지만, 이것이 여러분들의 인생을 더욱 의미 있게 할 수 있을 것"이라며 "생부모와 양부모의 나라 사이에서 가교와 민간사절 역할을 해 주시길 바란다."

라고 당부했다.

끌로에는 한국에 친엄마가 있었지만 행사 주최 측은 단 5분도 만남을 허락하지 않았다. 행사 진행자들은 권위적이었고 멋진 사진을 찍기 위해 소몰이 하듯 몰아붙였다. 끌로에가 엄마에게 줄 선물을 갖고 왔는데 전달할 방법이 없냐고 묻자, 행사 관계자는 호텔 밖을 나가선 안 된다고 했다. 어쩔 수 없이 다정이에게 연락을 했고, 다정이는 택시를 타고 한걸음에 호텔 로비로 갔다. 그리고 끌로에의 엄마에게 줄 선물을 받아 들고 우체국으로 가서 부쳐 주었다.

한국은 비행기표와 고급 호텔과 음식과 여러 프로그램을 제공해 주었지만 끌로에의 마음속 이야기를 듣지는 않았다. 그러한 고통은 각자의 몫이니 다시 나라를 위해 민간사절 역할을 하라니. 마치 군대 같았다. 끌로에는 생각했다.

'나라를 위해 사는 것이 내 인생에 의미를 가져다줄 사명이라니. 프랑스에서 고통받고 한국에서 버림받고 그래서 양국 사이에서 나는 무엇을 해야 한다는 말인가. 엄마가 보고 싶어 왔다 갔다 하는 것이 민간사절 역할인가. 나를 태어나게 해 내 어린 시절과 젊은 시절 잔뜩 안겨 준 그 고통들을 어떻게 한순간에 감사함으로 바꾼단 말인가. 물론 모든 입양아들이 고통 속에 산 것은 아니다. 그러나 적어도 모르는 가정에 보냈으면 그 아이가 학대받는지 폭행을 당하는지 한

번쯤은 들여다볼 수 있지 않을까. 내가 울부짖을 때 차라리 그냥 나를 고아원으로 다시 데려다주지. 죽지 못해 유지해 온 목숨을 아직도 감사해야 한다니…. 나는 그러기엔 시간이 더 필요하다. 아직은 쉽지 않다.'

잊히지 않는 한국

사람들은 어린아이들은 키워 주기만 하면 '엄마', '아빠'라고 부르고 적응하는 줄 안다. 그리고 가벼운 피부 상처가 아물듯 흔적도 없이 마음의 상처도 아문다고 생각한다. 그리고 기억하지 못하기 때문에 불안과 공포도 사라진다고 여긴다.

그런데 그런 나쁜 기억과 불안은 몸 세포 여기저기에 숨어들고 찾기도 힘든 머릿속 깊숙한 곳으로 스며들고 심지어 변신까지 하여 마음속 깊숙이 자리 잡는다. 생존을 위하여 언어와 문화는 다 잊었는데 '그리움'은 사라지지 않는다. 시간이 지나면 잊힐 거라는 말은 그리워해 본 적이 없는 사람이 만든 이론일 것이다.

인간이 말하고 행동하는 것은 가정과 학교와 사회에서 배워 나가는 것들이다. 모방과 습득을 통해 슬플 때 표현하는 법, 분노를 표현하는 법을 습득한다. 그런데 그리움은 모래와 같아서 가라앉아 물을 다시 맑게 할 뿐, 사라지지는 않는다. 그래서 그리움은 출렁이면 물이 흐려지니까 조용히 있는 듯 없는 듯 존재할 뿐이다. 그리움이라는 것은 너무 조용한 감정이라 사람들은 때로 그것이 사라진 줄 안다.

끌로에가 한국에 방문할 때는 부모를 용서할 생각이었다. 애초에 그런 자신감이 없으면 오지도 않았다. 어떤 이유로 그녀의 가슴에 그리움을 남겼든 다 받아들이고 안아 줄 작정이었다. 그녀의 부모도 그녀만큼 아팠을 테니까. 그러나 끌로에의 엄마는 이미 하나님으로부터 용서를 받았다며 딸에게 용서를 구하지 않았다. 주님의 뜻에 따라 딸을 보냈고, 그래서 결국 딸이 잘 산다는 것이다.

끌로에는 엄마와 화해를 할 생각이었는데, 엄마는 애초에 싸운 적이 없다고 생각한다. 끌로에는 프랑스에서의 삶이 전쟁터였다고 생각하지만, 엄마는 딸을 지옥에서 구한 것이라 굳게 믿고 있었다. 한국 드라마를 볼 때마다 끌로에가 미친 듯한 질투심에 얼마나 괴로워했는지, 그들의 경제 성공 신화를 뉴스를 통해 들을 때마다 그녀가 얼마나 비참했는지 말할 곳이 없었다.

끌로에가 첫째 아들 아르투르(Arthur)를 낳았을 때, 생명을 잉태하여 낳는 그 느낌을 자신을 낳아 준 엄마와 함께 나누고 싶었다. '이렇게 아프고 이렇게 힘들게 낳았구나.'라고 교감하고 싶었다. 양엄마와 양아빠는 이혼한 상태여서 끌로에는 파리에서 아이를 낳았고, 남자 친구의 엄마 안드레(André)와 남자 친구 앙투완(Antoine)이 함께 해 주었다.

그 후 몇 년간은 둘째를 낳고 키우느라 정신없이 시간이 흘렀고, 두 아이 모두 유치원(Maternelle)에 가게 되자 끌로에의 그리움병이 다시 올라왔다. 그것은 치유될 수 없는 마약과도 같이 그녀를 괴롭혔고 결국 정신건강의학과(Psychiatrie) 상담을 받기로 했다.

프랑스의 정신건강의학과는 미국과 달리 인지치료와 약물 치료 중심은 아니다. 병이 발생한 원인과 인간적 관계, 사회적 관계를 중요시하며 지역 사회 곳곳에 스며들어 상담을 받은 환자들이 사회에서 함께 살아가는 데에 중점을 둔다. 많은 환자들이 결혼 생활을 하고 통원 치료와 입원 치료를 병행하고 그 경계도 허물고 있는 추세이다.

19세기 후반에는 대형병원에 환자들을 격리하여 다양한 치료를 했지만 20세기부터는 뇌화학적 발전이 이루어져 '미친'이 아닌 '아픈'으로 인식이 전환되어 일반인들과 함께 살아가게 되었다. 따라서 사람들의 영혼을 갉아먹는 '그리움'이라는 병도 없애 버릴 대상이 아니라 공존할 수 있는 법을 모색해야 한다. 끌로에는 의사로부터 '그리움이 그녀를 공격하지 않게 만드는' 여러 방안을 들었다.

의사는 끌로에에게 한국을 자주 가라고 조언해 주었다. 상상 속에서만 너무 키워진 한국을 그리워하기보다는 자주 가서 한국의 아름다움을 느끼고 한국의 갈등을 바라보고 한국 음식을 먹고 한국 친구들을 만나며 그 그리움의 요구를 들어주라는 것이었다. 끌로에는 비행기표값만 들고 한국을 여러 번 갔다. 어느 때는 거의 매해 갔다.

한국의 밤거리에서 맥주를 마시며 '뿌리의 집'[3]에서 여러 나라에서 온 친구들을 만났다. 그들과의 만남은 끌로에에게 커다란 위안이었다. 특히나 다시 찾은 한국 엄마가 그녀보다 동생과 더욱 친밀한 것에 대한 서운함을 받아들이는 데에 시간이 필요했다. 엄마를 만나

자마자 모든 게 해결되지 않는다는 것을 몰랐다.

엄마가 대장암에 걸렸다는 이야기를 전해 들었으나 그녀가 할 수 있는 것은 없었다. 엄마는 집을 팔아 작은 집으로 옮겼고 임대 수입으로 살아가는 엄마의 경제 상황이 나빠지며 생활이 빈곤해졌다. 연금이 없기 때문이었다. 병원비로도 많이 썼다고 했다. 엄마 옆에는 동생 민정이 직장을 그만두고 지켰다.

끌로에가 아이를 낳을 때 엄마가 옆에 없었듯, 엄마가 아플 때 끌로에도 엄마를 간호할 수 없었다. 걱정하지 않아서, 사랑하지 않아서가 아니라 한국말도 시스템도 전혀 모르는 상태에서 도울 방도가 없기 때문이었다.

프랑스에서는 병원에서 퇴원할 때 꽃이나 초콜릿을 보낸다. 끌로에는 엄마가 퇴원한다는 소식을 들었을 때 초콜릿을 보냈다. 그러나 다정이에게 물어보니 한국에서는 '돈'을 준다는 것이었다. 끌로에는 엄마에게 맞추기보다는 '내가 이런 프랑스 사람으로 자랐어요.'라고 항변하고 싶었는지 모르겠다. 모녀간 벌어진 문화 차이도 받아들여야 했다. 어쩔 수 없다.

아이들을 키우면서 끌로에는 프랑스에서 아이들을 키우는 것은

3 뿌리의 집은 공동대표로 있는 김길자 씨가 지난 97년 서경석 목사와 함께 우리민족 서로돕기운동본부 국제대회에 참석해 해외 입양인들이 교포사회에서조차 포용되고 있지 못한 점을 안타까워하던 중 김 대표가 자신의 집을 내놓고 후원자가 나타나면서부터 시작됐다. 150여 평 규모로 23명이 머물 수 있다. [출처: 대한민국 정책브리핑]

행운이라는 생각을 했다. 특히 첫째 아르투르는 공부를 잘해서 그랑제콜에 합격했다. 둘째 니콜라는 그랑제콜 준비반이긴 하지만 커트라인에 걸려 그랑제콜을 가지 못할 수도 있다. 그래도 준비반을 다녔기 때문에 어느 대학이든 3학년으로 편입해서 들어갈 수 있다.

프랑스 교육 시스템은 공부를 많이 해야 하고 그 성과에 대해 보상을 해 주는 데다 학생들을 위한 자선제도도 마련되어 있어서 한국 교육처럼 스트레스를 주지는 않는다. 그랑제콜 입학시험에 떨어졌다 해도 노력의 시간들은 보상받기 때문에 '실패'라는 꼬리표가 붙지는 않는다.

아르투르는 평소에 돈을 아껴 명품을 즐겨 입는 성향이고, 니콜라는 좀 더 자유롭고 친구를 좋아하는 성향이다. 두 아이는 한국인과 프랑스의 피가 적절히 섞여 매력적으로 생겨 학교에서도 인기 있다. 끌로에는, 프랑스인들은 혼혈을 그렇게 좋아하면서 왜 자신의 어린 시절 순수 동양인에 대해서는 그렇게 외면했는지 모르겠다고 생각했다.

프랑스는 이민자가 많은 나라이다 보니 경제적 불평등도 심하다. 토착 프랑스인들은 이민자 때문에 세금을 많이 낸다고 투덜거리고, 이민자들은 힘든 일은 자신들이 다 해 주는데 경제적 불평등이 심하다고 시위를 한다. 토착 프랑스인들은 이렇듯 유색인종에 대한 경계심을 갖고 있지만, 그들이 좋은 학교를 나와 직장에 다녀 세금을 내는 주체가 되거나 결혼을 하여 정착한 이후에는 대하는 태도가 달라지는 경향이 있다.

빈손으로 태어나는 인간이 '가진 자들의 뺏기는 두려움'을 이해하는 데는 긴 시간이 필요했다. 프랑스인들의 적대감은 그러한 원초적 두려움에 따른 경계심이었다. 남에게 베풀고 사랑을 나누어 주면 행복하다는 것은 후천적 경험과 교육이고, 나보다 가난한 자를 경계하는 것은 원초적 본능이었다.

한국의 발전은 끌로에의 인생과는 무관함에도 불구하고 그녀에게도 영향을 주었다.

뤼미에르

뤼미에르(Lumières)는 복수로는 '계몽주의'를 뜻하지만 단수로는 '앎, 깨달음, 빛' 등으로 쓰인다. 끌로에는 한국의 빠른 경제발전에 비해 정신적 변화나 흐름은 매우 느리다고 생각한다. 그래서 그들은 '정체성'의 흔들림이 없다. 옳든 그르든 강력한 믿음을 따르며 살고 있는 듯 보였다. 어떤 이들은 조상을 모시는 일에, 어떤 이들은 예수님에, 어떤 이들은 부처님에 자유로운 종교를 가졌고 그 신념이 부딪힐 듯 함께 공존하고 있었다. 그것은 아랍이나 유럽과는 또 다른 독특한 분위기였다.

20세기 2차 세계대전에서 패망한 일본은 서구 문화와 전통 문화 사이에서 갈등과 혼돈을 겪었다. 끌로에가 대학생이던 시절 프랑스에는 일본 문화, 특히 일본 만화가 유행했는데 그때 일본 문학도 소개되었다. 다자이 오사무(Osamu Dazai)가 쓴 《인간실격(La Déchéance d'un homme)》은 프랑스어로 번역본이 있어 읽었다.

프랑스에서 시작된 데카당스 문학(Littérature de décadence)의 영향을 받은 동양의 소설이었다. 일본은 서구화된 동양 문화를 갖고 있어 프랑스와도 잘 어울렸고 세련되어 보였다. 프랑스 젊은이들 중에는《악의 꽃(LES FLEURS DU MAL)》을 쓴 보들레르(Charles Baudelaire)의 팬도 꽤 있었다.

끌로에는 한국에 대한 정보는 없었지만 알면 알수록 또 다른 신기한 매력이 느껴졌다. 서울 거리는 우후죽순 영어와 가끔 이상한 프랑스어로 쓰인 간판 투성이인 데다가 명동 거리에는 커다란 십자가를 짊어진 사람이 '예수 사랑'을 외치고 있었다. 물론 도심에는 커다란 사찰도 함께 있었고 교회에는 수백 명의 신도가 있었다. 그럼에도 명절이면 모두 제사를 지낸다고 했다.

그런데 아무도 한국인의 정체성에 흔들리지 않았다. 그들도 분명 역사적으로 중국이나 일본과 많이 섞였을 테지만 그들은 오로지 그들이 '한국인'이라고 생각하고 '중국'이나 '일본'에 호감을 갖고 있지도 않았다. 그들은 미국 문화를 받아들이고 영어 교육을 중요시 여겼지만 딱히 미국을 좋아하지도 않았다. 심지어 어떤 어른들은 영어에 '존댓말'이 없다는 이유로 '양반'이 아니라는 말도 하였다.

한국인들은 그렇게 자신이 가진 지식만으로 세상을 바라보았고 서로 불편하지 않게 살아갔다. 젊은이들이 노인들의 생각을 받아들여 주며 가는 것 같았다. 그것은 프랑스와 매우 큰 차이였다. 프랑스는 혁명을 통해 구체제를 전복한 이후에 누구도 자신이 양반(귀족)이라는 말을 하지 않는다. 귀족은 부끄러운 결말로 종식된 신분체제이기 때문이다.

또한 계몽주의로 인해 처음으로 '인권'이라는 것을 인식하였다. '의미'는 있었지만 기호가 없어 생각하지 않았던 인간의 권리. 인간이라면 누구나 태어나면서 대접받을 권리를 갖게 된다는 사상은 유럽 전역에 급속도로 퍼져 문학 · 예술 · 철학 · 정치 · 경제 등 모든 영역에 스며들고, 종교는 상대적으로 문화적 영역으로 축소되었다. 인간은 '생각에 적절한 이름을 붙여 주어야 그것이 유의미해진다'는 것을 알았다. 그래서 통일된 언어로 다듬어 소통에 혼돈을 막는 것을 중요시 여겼다.

동시대 한국은 유교를 숭상하는 조선시대였다. 백성이 원해서 왕 또는 황제의 지위를 박탈시킨 것이 아니라, 식민지를 거쳐 흐지부지 되어 국민들은 양반 문화에 대한 자부심이 남아 있어 보인다. 그리고 짧은 기독교 역사에 비해 기독교는 한국인의 삶 깊숙이 파고들어 있었다.

한편 한국인은 무속신앙도 갖고 있었다. 끌로에의 한국 엄마의 황당한 신앙심은 무속신앙과 기독교를 그녀의 구색에 맞춰 섞어 만든 의미에 '하느님의 뜻'이라는 이름표를 달아 딸을 입양 보낸 것에 대해 번뇌가 없었다.

서구 교육을 받은 끌로에는 자신의 정체성을 찾아야 삶이 완전해진다고 믿는 반면, 한국인의 정체성은 애초에 어떤 외국 문화가 점령하거나 지배해도 흔들리지 않았다. 비빔밥처럼 다 받아들여 조화를 이루었다. 어떠한 레시피도, 철학적 이론도 없는데 말이다.

게다가 한국인들은 끌로에를 스스럼없이 한국인이라고 했다. 끌로에가 프랑스인이라고 해도 듣지 않았다. "아, 프랑스. 그렇구나.' 라고 하고는 한국인이라고 하였다. 끌로에는 그들에게 프랑스인이 아니라 '프랑스로 간 한국인'이었다. 그녀의 국적이나 그녀의 언어는 상관없었다. 그것은 미국이나 일본 문화처럼 한국인에게는 껍데기일 뿐이었다.

끌로에가 한국인 신분증이 없고 한국에 세금을 내지 않고 한국에서 연금을 받지도 않을뿐더러 한국 부모로부터 유산을 물려받을 어떤 권리도 없는데도 불구하고, 한국 어르신들은 그냥 '한국 사람'이라고 그녀를 규정짓고 그 이상 복잡한 건 듣지 않았다. 한국 어르신들의 묘한 단순화가 처음엔 불편했지만 어느새 그들의 언어 표현 방식을 알게 되었다.

카페에 가서 커피를 시키면 커피를 공짜로 주는 사장님도 있었다. 끌로에는 그들에게 여행을 온 외국인이 아니라 부모님 집을 찾아온 한국인이었다. 시장에 갔을 때의 일이다. 스카프를 가리키며 "하우머치(얼마예요)?" 라고 묻자, 그 아주머니는 대뜸 "한국말 못해?"라며 한국말로 물었다.

"Je suis une adoptée. Je ne peux pas parler coréen."

끌로에는 통역기에 말을 하고 한국말로 들려주었다.

"저는 입양인입니다. 저는 한국말을 못해요."

"한국 사람이 왜 한국말을 못하까나. 그냥 하나 가져가."

"아니에요. 여기…."

끌로에는 돈을 내려고 했지만, 아주머니는 한사코 거절했다. 문화적 충돌이었다. 끌로에는 그녀가 돈을 받지 않는 이유를 잘 이해하지 못했다. 게다가 그녀의 말은 번역기가 잘 인식하지 못했다. 결국 끌로에는 다정이에게 도움을 요청했다.

어느 한국 아줌마의 이야기

시장은 좁은 인도에 설치되어 있었다. 노점이 시장으로 인정받아 자연 형성된 형태였다. 박필순 여사는 그 자리에서 35년째 스카프와 매니큐어, 양말, 모자 등을 팔고 있다고 했다.

"안녕하세요?"

"응, 또 왔어?"

"안녕하세요? 저는 대신 통역을 도와주러 온 친구인데요, 뭐 좀 여쭤봐도 돼요?"

"뭔다 그랴. 열루 앉어."

아주머니는 가판대 옆으로 작은 플라스틱 의자를 내주었다.

"아주머니는 버려져서 입양 간 사람이 한국인이라고 생각하세요?"

"당연허지. 한국인이지. 근데 버려진 건 아냐. 밥 맥일려고 헌 거지."

"길거리에 버려진 경우도 있잖아요."

"길거리에 버린 게 아니라 거기 둔 거여. 누가 델구 가라고."

"누가 데리고 가라고 둔 게 버린 거 아닌가요?"

"참 내… 다르지. 내가 밥을 먹다 남은 생선가시 찌끄러기를 쓰레기통에 버려. 그건 버린 거지. 근데 잘 들어 봐. 내가 먹다 남은 밥을 긁어모아 가꼬 우리 집 멍순이를 줘. 그건 준 거지 버린 게 아니랑께."

"잘 이해가 안 된다고…."

"아, 한국 사람이 왜 한국말을 이해 못햐. 내 맴에 없는 것은 버릴 수 있지만 내 맴에 있는 것은 준 거랑께."

"마음에 있는 것을 왜 주나요?"

"갖고 있을 수 없으면 줘야지. 그럼 어째."

"자녀는 사람이잖아요. 물건이 아니라."

"긍까 맴이 있어도 밥을 먹이는 것이 중허지. 자식이니까."

"갓 낳은 자녀는 왜 버리나요?"

"에이 참…. 버린 게 아니랑게. 갓 낳아도 애미는 자녀를 살리고 싶은 게 본능이야. 지가 못났응께 자녀를 남 주는 거 아냐. 끼고 굶길 거야? 신문도 못 봤나? 정인이 사건. 그런 게 못된 악마지. 느들 부모는 지 맴 찢겨도 남 줘서 밥 먹일려고 한 거야. 지 못난 거 알고 못났다 하고 보내는 거야."

"입양된 부모와 적응을 못하고 힘들어하는 아이들이 많은데도 보내나요?"

"알지. 말도 안 통하는데 을매나 힘들갔어. 피붙이도 아닌데. 그래도 먹어야지. 먹어야 살지. 태어났응께 살고 봐야지. 울 엄마도 나 아홉 살 때 동네 부잣집에 일하라고 보냈어. 거서 열네 살까지 일하다 열다섯 살에 집에 왔지. 그때 주인집 딸은 핵교를 댕기고 있었는데 나가 을매나 부러웠든지. 그래도 나가 글자는 좀 배웠지라. 연숙이라고 그 딸이 나랑 동갑이었는데 가끔 날 데리고 자랑하려고 글자를 알려 줬거든. 울 엄매가 날 버린 게 아니지. 맥일려고 그런 거지."

"저는 한국인인가요?"

"당연허지. 한국에서 태어나서 한국인인데 프랑스에 먹일려고 보낸 거지."

"제 정체성은요?"

"정… 뭐라? 정치성?"

"네. 저는 저의 뿌리에 대한 그리움, 인종차별 등으로 힘든 시절을 보냈어요."

"낯선 데 갔으니 고생혔겠지. 나가 왜 나 이야기를 허냐 하믄, 밥 먹는 것보다 중헌 게 없어. 우린 굶는 일이 허다했으니. 아니 누가 좀 뭐라 하든지 말든지 살아야지. 그래서 한국도 오고 그람 됐지. 미워서 버린 게 아니라 이 말이여. 맴속에 있는데 왜 버린 거야. 긍까 끌로 머시기도 한국인이다 이 말이여."

"인권이 짓밟혀도 밥만 먹으면 된다는 건가요?"

"인권이 뭔지 몰라두 나는 여서 노점을 하는 동안 뭐 개발한다고 남자들이 와서 수도 없이 내 좌판때기를 둘러엎고 발로 찼구먼. 나는 내 인권이 짓밟혔다는 생각은 한 개도 안 허고 내 몸뚱어리는 내가 지켜야겠다, 내가 넘에게 피해를 줬나, 어뜩하든 버텨야겠다 이 생각뿐이었어. 자존심이 왜 상해. 짓밟은 넘들이 나쁜 쉐키지. 나가 가난한 게 죄여? 어느 나랄 갖다 놔도 난 끄떡없어. 뭣이 중헌데? 죽으면 다 소용없어. 내가 내 몸뚱어리를 지킬 줄 아는 게 나으 인권이라 이 말씀이지. 끌로가 어딜 갔든 간에 단단히 맴묵고 밥 잘 묵고 똑바로 살고 그럼 되는 거여."

"그래도 자식을 버리는 건, 몰염치한…."

"버린 게 아니랑께. 밥 묵으라고 한 거랑께."

"미혼모들은…."

"아따 미혼모든 뭐든 다 밥 먹으라고 한 거랑께."

"대한민국 정부도 아이들을 먹일 수 있잖아요."

"돈만 갖고 사람이 사람 노릇을 하간? 정신이 똑바로 박혀야지."

"아니 그러니까 우릴 왜 해외로 보내냐구요."

"사람이 배고프면 머든 먹고 나서 생각하는 거야. 나라(국가)도 배가 고픙께 일단 애들을 먹이고 보자 했지. 첨엔 그랬지. 그러고 정신을 차려 봉께 먹고 살 만해진 거지."

"그런데 왜 지금도 입양을 보내냐고요?"

"그거사 생각이라는 게 무 자르드끼 딱 안되니까 그라재. 우는 아 밥 먹저 준다고 여기저기서 울어 싸니까 아그들 보살피는 게 쬐금 늦어졌어. 그건 나도 인정햐. 이제부텀이라도 고칠 건 고치고 사과할 건 사과해야지. 암~."

"아, 네…."

"우리 인사가 뭐야. 밥 묵었나? 그게 인사지. 인생 괴로워할 시간에 청소를 해, 청소를. 저 할마시 보여?"

자기 몸보다 큰 리어카에 박스를 가득 싣고 끌고 가는 할머니가 보였다.

"저 할마시 아들이 저기서 약국을 해. 아들이 주는 돈으로 편히 살아도 된다 말씸이여. 근데 방구석에 앉아서 뭐 혀. 나와서 종이라도 주스면 운동되고 좋지."

박 여사와의 대화는 앞뒤 없이 우기는 면도 있었지만 그것이 오히려 끌로에를 단단하게 잡아 주었다. 자식을 버린 부모를 안 버렸다고 빡빡 우기는 박 여사가 기분 나쁘지는 않았다. 시장을 나오며 스카프값을 슬며시 놓고 나왔다.

한국의 하늘을 올려다보았다. 마음보다 몸은 자연에 더 가까이 있었다.

V

마크(Marc) 이야기

끝내 찾지 못한 이름

- 진땀나는 도착
- 50년 만에 찾은 한국
- 다시 찾은 일시보호소
- 마크의 어린 시절

진땀나는 도착

[나 한국 간다.]

한국에 사는 다정이에게 인터넷 메신저를 통해 메시지를 보냈다.

[어, 그래? 언제?]

[9월 29일.]

[그래, 도착하면 연락해. Bon voyage(여행 잘해)!]

다정이는 메시지에 답을 비교적 바로바로 해 준다.

"띵띵딩딩-"

마크는 메신저를 통해 전화를 했다.

"다정, 다정!"

"Salut, Marc(안녕, 마크)."

"나 한국이야."

"축하해!"

"그런데 운전기사를 못 만났어."

"무슨 운전기사?"

"픽업 서비스를 신청했거든. 기사를 못 찾았어."

"기사 연락처 없어?"

"없어."

"그럼 예약 내역서 사진으로 보내 봐."

마크가 보낸 예약 내역서 사진을 본 다정이 말했다.

"호텔 주소밖에 없네. 예약했다는 표시가 없는데."

"나 이제 어떡해?"

"버스 타고 명동으로 가."

"나 영어도 한국어도 못해."

"그럼 안내에 가서 호텔 주소 보여 줘."

잠시 후, 마크는 다시 다정이에게 전화를 했다.

"버스표를 사라는데?"

"버스표 사는데 물어보든가 한국 사람 붙잡고 나에게 전화를 바꿔 줘."

마크는 예약 종이를 들고 허둥지둥 대다가 다시 전화를 걸었다.

"그냥 택시 타야겠어."

"그럼 검은색 택시는 비싸니까 흰색이나 주황색 타."

"알았어. 흰색이나 검은색."

"아니, 흰색이나 주황색."

"비쌀까? 나 돈이 많지 않아."

"비싸지. 그러니까 버스를 타면 좋은데."

"나 완전 길을 잃었어. 아무 말도 통하지 않아. 그냥 택시 타야겠어."

"응, 택시를 타고 호텔로 가."

1시간쯤 후, 마크는 다시 다정이에게 전화를 걸었다.

"호텔 직원이 뭐라고 하는데, 무슨 말인지 모르겠어."

다정이는 호텔 직원과 통화를 했다. 픽업기사에게 9만 원을 지불해야 한다는 내용이었다. 픽업 기사 연락처는 호텔 측만 알고 있었다. 만에 하나 기사와 손님이 못 만날 경우 직접 연락할 방법은 없었다. 어차피 서로 연락처를 안다 해도 서로 말이 통하지 않아 만나기가 힘들었을 것이다. 그래도 픽업을 신청했다는 내용이 예약서에 있거나 기사 연락처가 있었다면 다정이라도 도움을 줄 수 있었을 텐데 아쉬웠다. 결국 마크는 픽업 택시비를 지불했다.

"방금 택시비는 얼마 냈어?"

"몰라, 그냥 돈을 보여 주었더니 기사가 몇 장 가져가더라."

"무슨 돈, 얼마나?"

"난 한국 돈 처음 봐서 헷갈려."

"색깔은?"

"노란색."

"그럼 5만 원짜리네."

"응."

"몇 장?"

"다섯 장인가."

"택시기사님 바꿔 달라고 했잖아."

"벨기에에서 조사할 때는 인천에서 명동까지 2시간 반이었는데 택시 타니까 한 시간 만에 왔어. 갑자기 도착했다고 해서 전화를 할 겨를이 없었지."

"좀 많이 낸 것 같아."

"나 완전 사기당했구나. 할 수 없지. 고마워."

"그래, 쉬어."

마크는 50년 만에 한국을 찾았다. 이렇게 먼 나라까지 여행도 처음이었다. 최근 이혼 소송만 2년이 걸려 아무것도 할 수 없었다. 아들이 엄마와 살지 아빠와 살지에 따라 재산 분할이 결정되는데, 결국 17살 아들이 엄마와 살기로 결정하는 바람에 돈을 왕창 날렸다.

원래 마크는 아들과 함께 한국에 올 계획이었다. 마크는 한국이 어떤 나라인지, 인사말은 어떻게 하는지, 한국 음식은 무엇인지 조사하고 공부하는 스타일도 아니다. '주먹 하나 믿고 버텨 온 세월이 있는데 까짓것 한국에서 무슨 일이야 당하겠어?'라고 생각했다. 한국말은 그림인지 글씨인지 아무리 봐도 머리에 들어오지 않는다.

먼저 한국에 온 벨기에 입양 친구 기석을 믿고 한국에 왔는데, 그 친구는 연락도 안 된다. 그는 한국 부모를 찾아 한복을 입고 푸짐한 밥상을 받아 사진을 찍어 SNS에 매일 올린다. 금발머리 아내와 한국 여행도 하고 한국 형도 찾고 엄마도 찾았다. 그러나 마크는 어떤 단서도 없었다. 기억은 뿌옇고 과거는 지우개로 지워져 뿌리가 보이지 않았다. 어린 시절은 분명 있었을 텐데. 그에게도 그를 닮은 누군가가 있을 텐데.

50년 만에 찾은 한국

마크는 명동의 호텔 방에 누웠다. 피곤이 몰려왔다. 산업재해로 55세에 퇴직하여 퇴직금은 평생 받을 수 있다. 슈퍼에서 냉동식품 옮기는 일을 하면서 관절염이 생겼기 때문이다. 대부분의 유럽은 생계에 불안한 국민은 없다. 돈을 못 벌 경우 정부에 이런저런 서류를 준비하여 제출하면 최소한의 먹는 것과 교육, 의료 정도는 해결된다. 마크는 호텔 옆 편의점에서 맥주를 사 왔다.

서울에 먼저 온 친구가 경복궁과 인사동은 꼭 가 보라고 했는데 꼼짝할 수가 없다. 거리에 나가면 허리가 굽은 노인들이 수레에 폐지를 싣고 끌고 가는 것이 보인다. 화려한 고층 빌딩 사이로 노인들이 오간다. 혹시 그는 자신의 부모일까 싶어 눈을 떼지 못한다. 주머니에서 노란색 지폐를 하나 꺼내 주었다.

마크는 휴대폰을 꺼내 거리 사진을 찍었다. 그런데 갑자기 한 젊은 남자가 다가와 다짜고짜 멱살을 잡고 화를 냈다. 뭐라 뭐라 한국말로 욕을 하는데 알아듣지 못해 가만히 있었다. 마크의 외모가 한국인이라 한국 남자는 그가 한국인인 줄 알았다가, 말을 못하자 중국인 관광객인 줄 안 듯하다. 그때 중국말을 할 줄 아는 사람이 와서 무슨 일이냐고 중국말로 도와주려고 했으나 말이 통하지 않았다. 누군가 영어로 일본인이냐고 물어왔다.

마크는 손을 내저으며 한국말로 유일하게 준비해 온 "입양"이라는 말을 했다. "이브양, 이브양"이라고 하니 그들은 알아듣지 못했다. 그때 갑자기 젊은 남자가 마크 휴대폰을 빼앗았다. 50년 만에 모국에 와서 같은 동포와 주먹질을 할 수는 없던 마크는 참았다. 주먹 한 방이면 끝낼 수 있었지만 싸움질은 안 하리라 마음먹었기 때문이다. 남자는 마크의 휴대폰을 이리저리 검사해 보더니 돌려주고는 자리를 떴다.

알고 보니, 마크가 거리 사진을 찍은 후 카메라를 끄는 것을 잊고 그냥 손에 들고 있었던 것이었다. 그러자 젊은 남자는 마크가 자기 애인을 몰래 촬영하는 줄 알고 화를 낸 것이었다. 젊은 남자는 여자 앞에서 폼 잡아 보려는 양아치였던 것이다. 마크는 한국이라는 곳은 휴대폰 카메라를 조심해야 하는 곳이라는 것을 알게 되었다.

마크는 그 상황이 무섭거나 불쾌하지는 않았다. 그 무엇도 1971년 6월 4일보다 더 낯선 것은 없다. 그가 고작 다섯 살이었는데 길을 잃었다고는 생각하지 않는다. 그는 어느 교회 앞에 슬그머니 놓여졌다. 배고픈 아이에 대한 어떤 사회적 시스템도 없는 사회 속에서 의지할 곳은 먹여 주는 곳에 보내지는 것이었다. 그래, 그렇게 태어난 것도 자신의 복이라 치자. 1970년이었으니까.

그러나 그의 분노는 2023년에도 한국 정부가 같은 일을 반복하고 있는 태도 때문이다. 갈 곳 없이 버려진 아이들의 입양이 마치 유학이나 이민처럼 여겨지고 있다. 언어와 외모가 다른 나라에 뚝 떨어지는 것은 아이들에게 매우 잔혹한 일이다. 마크는 어딜 가나 장애인보다도 심한 사람들의 구경거리가 되었다. 이 트라우마는 평생 지속되며, 교육을 받고 성인이 되어 살아가고 있음에도 그 트라우마를 지울 수는 없다.

양엄마는 그에게 피아노, 유도, 요가 등 여러 교육의 혜택을 누리게 해 주었고, 그는 프랑스어도 매우 빨리 배웠다. 벨기에 음식은 기름기가 많아서 매운 것을 좋아하는 그의 입맛에 맞지 않았지만 달리 선택의 여지가 없어서 적응해 나갔다. 그가 좋은 집에서 좋은 교육을 받고 좋은 음식을 먹는다고 갑자기 유럽인이 되지는 않는다. 여전히 그의 머리카락은 직모이고 그의 눈은 어두운 갈색이고 그의 코는 작은 아시아인이기 때문이다.

마크가 초등학생이던 시절, 300명의 관중이 모인 피아노 대회에 나가 피아노 연주를 했다. 대회가 끝난 후 피로연 같은 파티에 참석했는데, 아이들이 "더러운 중국인, 벨기에 빵 먹으러 왔냐?"고 놀려댔다. 어린 그의 얼굴은 빨개졌고 숨을 곳도, 어떤 반응을 해야 할지도 몰랐다. 아이들은 그에게 매순간 이방인임을 확인시켰다.

이렇듯 입양아들은 언제 어디서 튀어나올지 모를 욕을 감수하고 살아야 했다. 견디지 못하는 아이들은 자살을 선택하기도 했다. 한국은 아이들을 잊었다. 아이들은 벨기에 땅에 서 있을 수 있었지만 뿌리가 박히지 않았다. 그는 태어났지만 그가 원할 때 부모를 찾을 방도도 없었고, 오로지 자신의 의지와 노력이 아니면 한국에 방문하기도 어려웠다.

한국은 가난한 아이들을 자국에서 보호하지 못했다. 마크는 묻고 싶다. 과연 자식이 그런 트라우마에 시달리며 살아갈 것을 알고도 입양 보낼 수 있느냐고. 물질적인 것만 보고 정신적인 것은 전혀 보지 않고 결정을 내릴 수 있느냐고. 더러운 아시아인이라고 욕을 하며 밥을 먹이는 것이 인간에게, 그것도 아이에게 할 수 있는 일인지 되묻고 싶다.

진실을 드러내지 않고 진실을 외면하는 한, 해외 입양의 신화는 계속될 것이고 한국인들은 그들에 대해 관심이 없을 것이다. 마크는 가난을 원망하지 않는다. 부모의 선택도 이해하려 애쓴다. 단지 한국인들이 생각하는 것보다 고통받는 아이들이 많으니, 그들의 상황을 살펴봐 주고 그들의 마음을 공감해 줄 수 있는 시스템이 만들어지길 바랄 뿐이다.

다시 찾은 일시보호소

부산의 남광일시보호소를 찾았다. 마크가 거친 곳이다. 입구에는 박태덕 원장이 국민훈장 목련장을 받았다는 팻말이 걸려 있었다. 국가에서 책임지지 못한 아이들에게 가정을 마련해 주기 위해 입양제도가 만들어졌다고 했다. 국내 입양이 이루어지지 않아 미국, 네덜란드, 덴마크, 프랑스 등으로 아이들을 보냈지만 당시 담당자들은 누구 하나 외국 구경을 해 본 사람이 없었다. 사진으로만 봤을 뿐이다.

1980년대에는 1년에 500명 정도의 아이들이 거쳐 갔다고 한다. 입양 절차에 대해 구체적으로 물었으나 그곳은 일시보호소라 아이들이 거쳐 가는 곳일 뿐, 실제적인 업무는 입양기관에서 따로 한다고 했다. 수십 년이 지났지만 지금도 한 달에 한 명의 입양인들이 자신의 흔적을 찾기 위해 온다고 한다.

당시 입양이라는 것은 사회적 분위기 때문인지 모르지만 친부모와의 완전 차단을 원칙으로 했다. 친부모는 아이가 어느 나라 어디로 가는지 알 수 없었다. 또한 그들은 경제적으로 위축되어 있어서 국가에서 하는 일에 따지지 못했다. 당시는 그랬다.

마크는 한국 나이로 고작 여섯 살이었지만 비행기의 기억이 생생하다. 의자 끝에 앉았고 자신의 옆으로 네 명의 아기가 앉고 발밑으로 네 개의 바구니가 더 있었다. 통로 건너편으로 어른 한 명이 앉아 있었다. 아기들이 열 시간 내내 번갈아 우는 통에 마크는 한숨도 못 자고 겁에 질려 있었다. 한 아기는 너무 울어서 곧 숨이 넘어갈 것만 같았다. 한 여자가 아이들을 재우려고 번갈아 안아 주며 달랬지만 아기들의 울부짖음은 아비규환이었다. 살아 있는 것이 용했다.

가난한 유학생들이 비행기표값을 덜기 위해 아기를 한 명씩 맡아 공항에서 서양 부모들에게 인도했다. 걸을 수 있는 아이들은 걸었고 아기들은 유모차에 탔다. 백인들이 아이들을 맞이할 때의 마크의 기분은 '불편함'이었다. 이외 다른 단어가 생각나지 않는다. '가난한 나를 받아 줘서 고맙다'는 마음은 아이에게 기대하기엔 무리가 있다. 아이는 성장을 마칠 때까지 어른이 보호해야 하는 대상이기 때문이다.

서양인들은 커다란 카메라를 가지고 나와 사진을 찍어 댔다. 그들은 아이들 뺨에 그들의 뺨을 대었다. 처음 맡아 보는 비릿한 향수 냄새가 코를 찔렀다. 누군가가 얼굴을 맞대는 것도 익숙지 않았다. 마크와 아기들은 빠른 속도로 각자의 길로 흩어졌다. 마크도 혼자 누군가의 손을 잡고 아주 낯선 곳으로 빨려 들어갔다.

마크의 어린 시절

마크는 브뤼셀에서 80㎞쯤 떨어진 쥬메쁘 슈흐 썽브흐(Jemeppe-sur-Sambre)에 있는 성 요셉 초등학교(Ecole Libre Saint Joseph)에 다녔다. 작은 마을에 있는 사립 초등학교였는데 마크 반에 동양인은 한 명이었다. 아니, 학교 전체에서 동양인은 마크뿐이었다. 1971년 9월이었다. 마크는 동물원의 원숭이보다도 신기한 존재였고 아이들은 하루 종일 그를 쳐다보았다. 학교 교장선생님이 외할머니였기에 마크는 특별히 선생님의 가르침을 받았다. 수업 시간 후에 운동장에 나가 뛰어놀고 싶었지만, 그는 항상 교실에 남아서 꼬부랑꼬부랑 처음 보는 글자들을 공부해야 했다. 보충수업을 특혜라고 생각하기에는 마크는 너무 어렸다. 오히려 공부를 더 하는 것에 대해 부당하다고 생각했다.

그는 말을 배우기도 전에 두 주먹을 불끈 쥐고 항상 긴장된 상태로 학교를 다녀야 했다. 고아원에서는 모두가 같은 처지였지만 여기서는 아니다. 백인들은 머리카락이 얇고 곱슬거려 좀 길어도 옆으로 넘어가지만, 마크 머리카락은 직모라 조금만 자라도 눈을 덮었다. 앞머리가 눈을 살짝 덮으니 작은 눈이 더욱 보이지 않았다. 친구들은 종이에 마크의 얼굴을 그렸는데, 앞머리와 눈이 만나 거의 눈이 없는 상태였다.

마크는 생존 본능으로 말을 빨리 배웠지만 받아쓰기는 늘 빵점이었다. 벨기에는 공식적으로 프랑스어, 네덜란드어와 독일어를 사용하는데 마크가 사는 지역은 프랑스어권 지역이어서 기본적으로 프랑스어를 사용한다. 그러나 지역 언어인 왈롱어(Walloon)를 함께 사용하며, 학교에서는 추가적으로 네덜란드어를 가르쳤다.

당시 어른들은 프랑스어를 대부분 사용하였지만 프랑스어를 못하는 어른들도 꽤 많았다. 네덜란드어를 쓰는 사람과 프랑스어를 쓰는 사람들끼리 자주 싸우기도 했다. 마크가 프랑스어를 하기 시작할 무렵, 그는 많은 언어의 홍수 속에서 헤엄치고 있었다. 일단 급한 말부터 닥치는 대로 배웠다. '나는 배고프다'는 왈롱어로 'M' avou foye', 프랑스어로 'J'ai faim', 네덜란드어로는 'Ik heb honger'라고 한다. 어쩌면 그의 언어는 지금도 여러 언어가 섞여 있다.

그는 여섯 살이었지만 이미 '살아남기'에 온 힘을 쏟아야 했다. 요즘 아이들은 친구 무리를 만들기 위해 멋도 부리고 으스대기도 하고 공통의 취향을 찾아 나서지만, 마크는 친구는커녕 그의 머리카락을 뽑는 아이들로부터 자신을 지키기에도 바빴다. 전쟁 같은 상황을 누구에게 말해야 하는지도 몰랐지만, 말도 할 줄 몰랐다. 그가 할 수 있는 것은 소리를 지르는 일뿐이었다.

그가 동물 같은 괴성을 지르면 아이들은 움찔했다. 아이는 살아남기 위해 무서운 아이가 되기로 했다. 그것이 그가 대머리가 되지 않는 방법이었다. 그는 가는 눈을 더욱 실눈처럼 뜨고 잔뜩 움츠린 표정으로 수업 시간 내내 앉아 있었고, 협동수업이나 그룹수업엔 참여할 수 없었다. 아이들이 모여 놀고 있으면 올리비에(Olivier) 선생님은 그에게 글자를 하나씩 가르쳐 주었다. 아(A), 베(B), 쎄(C)를 공책에 써 주셨지만 그는 알파벳을 다 익히기도 전에 프랑스어로 아이들에게 'Va-t'en(꺼져)!'라는 말 등을 할 줄 알게 되었다.

마크는 훗날 결혼을 하여 아들을 키워 보니, 그런 어린 시절의 경험들이 무엇을 망쳤는지 알게 되었다. 그는 생존에는 성공했지만 또래와 사이좋게 지내는 법을 자연스럽게 배우지 못했다. 직장에서 일을 하는 데에는 큰 문제가 없었지만, 그는 작은 공격에도 크게 분노했고 주먹이 올라가곤 했다.

특히나 인종차별은 그 후로도 계속되었는데 그는 특히 어떠한 부당함도 견디지 못했다. 그는 그가 받는 이 모든 부당함의 원천이 한국이라는 생각이 들었다. 그러나 어떤 어른도 한국이 어떤 나라인지, 어디에 있는지 알지 못했다. 인터넷이 없으니 서로가 외계인같이 여겨지던 그런 시절이었다.

마크는 1988년 올림픽 때 처음으로 텔레비전에서 한국을 보았다. 소련, 미국, 독일에 이어 한국은 세계 4위를 기록했다. 가난에 찌든 거지 같은 나라인 줄 알았는데 세계 4위를 한 것이다. 가슴이 벅차올랐다. 올림픽 경기를 얼마나 보고 또 봤는지 모른다. 벨기에는 22

위였다. 그 뒤로 사람들의 시선과 놀림도 많이 줄어들었다. 국가가 경제를 일으키고 자존심을 지키기 위해 그 짧은 기간에 얼마나 많은 노력을 했을지 가슴이 뭉클했다.

그러나 한편으로는 그러한 올림픽을 치러 내기 위해 해외로 보내진 수많은 고아들은 이국땅에서 짓밟히며 견디고 있었던 것이다. 마크는 '고국이 나를 죽음의 길로 방치했나.' 하는 생각을 수도 없이 했다. 나눠 먹을 그릇이 부족하니 자리 없는 약자들을 밀어낸 것인가.

당시 유럽은 사회주의 사상이 팽배했던 터라 한국이 경제발전을 하기 위해 고아들을 지나치게 해외로 보낸다고 다시 빈정거리기 시작했다. 가난하다고 무시하다가 이제는 도덕성이 결여되었다고 얕보기 시작했다. 마크는 유럽인들의 오만에 신물이 났다. 생긴 것이 좀 다르다는 이유로, 국가가 다르다는 이유로, 인간을 이렇게나 헐뜯고 무시하고 으스대야 살아갈 수 있는가.

마크 양엄마는 아이 옷을 잘 입히고 그를 격려하고 사랑했다. 그는 집 밖을 나서는 순간 정글이었지만, 적어도 집 안에서만큼은 안락했다. '가정'이라는 의미는 글로 배우는 것이 아니라 오로지 경험으로 배우는 느낌이 각인되는 것이다. 그는 책과는 거리가 멀었지만 운동은 좋아했다. 게다가 운동은 힘도 세지고 스스로를 보호할 수 있는 기술이라는 생각을 했다. 거칠고 반항적인 마크를 양엄마는 한결같은 사랑으로 감싸 안았다. 그녀는 당당하고 평화로운 성격이었고 마크에게 한결같이 너그러웠다. 그녀의 엄마가 교육자였던 것도 한몫했던 것 같다. 부모의 폭력은 아이의 폭력을 잠재울 수 없다고 믿었다. 긴 시간 인내하면 좋은 사람이 될 것이라는 부모의 믿음은 그대로 되었다. 그리고 마크의 엄마가 사회적으로 존중을 받는 여성이었기에 그녀는 자녀의 말썽에 골머리를 썩으며 아이 탓을 하는 수준은 아니었다. 그녀는 마크에게 분노를 조절하기 위한 명상과 에너지를 폭발시킬 수 있는 여러 운동들로 양육했으며 언어를 빨리 배우라고 재촉하지 않았다. 양엄마의 건강한 양육은 불같은 성격으로 타고난 마크와 그러한 성격을 부채질하는 환경 속에서 마크 스스로 자기조절 능력을 갖도록 만들었다.

소리 지르고 주먹을 들어 올리는 것은 그가 습득한 좋지 않은 방식이지만, 그는 양부모로부터 가족 간의 인내심에 대해서는 잘 배웠다. 마크가 사고를 치고 친구들과 싸울 때마다 엄마는 그의 상처에 약을 발라 줄 뿐 그를 심하게 나무라지 않았다. 그러나 마크의 분노는 자라면서 점점 공격적으로 변해 갔다. 그럼에도 그는 절대 먼저 공격하지 않으며, 자신보다 약자라고 생각되는 사람은 건드리지 않았다. 나름대로 도덕성의 원칙을 세워 가며 싸웠다.

그가 한국을 그리워하는지, 사랑하는지, 미워하는지 모른 채 한국에 갈 자신이 없었다. 무엇인가가 폭발할 것만 같아 두렵기도 했다. 벨기에에서 자신의 입지를 굳히고 사회적 기반을 다지는 것이 더 중요하다고 판단되었다. 더 이상 가난해서 휘둘리고, 다르게 생겨서 휘둘리고, 이유 없이 멸시당하고 싶지 않았다. 그러려면 스스로 자립해야 한다고 생각했다. 그의 양부모 가정은 부유했지만 그는 그가 먼 땅에 온 것은 가난 때문이라고 믿고 있었다. 그는 누구보다 부지런히 일했고 정원이 있는 예쁜 집을 장만할 수 있었다. 결혼도 했고 아이도 낳았지만 오십이 될 즈음 관절염에 걸려 퇴직을 했다. 국가는 그가 추운 데서 일했기 때문에 관절염에 걸린 것이라고 산재를 인정해 주어 평생 그가 충분히 생활할 만큼의 연금을 매달 지급해 주기로 했다. 드디어 그에게 시간이 생겼다. 아들이 성인이 되는 날 함께 한국을 가기로 약속을 했다. 한국. 내가 떠나온 나라. 한 번도 다시 가 보지 못한 모국. 특히나 양엄마가 살아 계실 때 마크는 한국에 갈 생각을 하지 않았다. 딱히 엄마가 못 가게 한 것도 아니었지만 관심 있는 척도 안 했고 관심을 가질 마음의 여유도 없었다. 그러나 이제 먹고 살 만한 경제적 여유와 넉넉한 시간, 장성한 아들이 있으니 무서울 게 없었다. 양부모로부터 유산을 물려받은 후 아내가 이혼과 함께 재산분할을 신청해서 떠나긴 했지만 쉰이 넘고 아들이 장성하니 아들 손을 잡고 아버지의 나라를 보여 주고 싶었다. 돈을 모으는 동안 가슴이 벅차올랐고 장성한 아들이 자랑스러웠다. 아들은 영어도 조금 할 수 있으니 큰 의지가 될 것 같았다. 그러나 현실은 한국 출발을 앞두고 녀석이 여자 친구가 반대한다는 이유로 아버지와의 동행을 거절했다. 주변 친구들에게 한국 간다고 다 떠벌려 놓았는데, 이제 와서 사나이 자존심에 무를 수는 없었다.

그가 아들의 변심에 쉽게 수긍한 것은 아니었다. 대판 싸웠다. 아들을 때리려고 했던 것은 아니고 때리려고 손만 들었을 뿐인데, 아들이 먼저 그의 목을 잡아 누르고 무릎으로 배를 걷어찼다. 그는 절대 아들보다 약해서 맞은 것이 아니다. 사과하면 용서해 줄 생각이었는데 아들은 사과를 안 했다. 흠흠….

이런 마당에 그는 오기로라도 혼자 비행기를 탈 수밖에 없었다. 당당하게 여권 가방 둘러메고 비행기에 올라 한국 땅을 밟았다. '야, 네까짓 것 없어도 아빠 혼자 한국 간다.'라고 속으로 외쳤지만 막상 한국 땅을 밟은 그 순간부터 그는 왼쪽, 오른쪽, 위, 아래 아무것도 구분되지 않았다. 다부지게 입술을 다물었지만 눈은 휘둥그레졌다. 어린 시절 벨기에에서 그 누구에게도 굴하지 않았지만 나이는 어쩔 수 없는 모양인지 피곤이 몰려오고 다리가 후들거렸다. 불끈 쥔 주먹을 써먹을 데도 없다. 다행이다.

흡연 구역을 찾아 담배를 피우고 나온 후, 공항을 배경으로 셀프 사진을 한 장 찍어 보란 듯이 SNS에 올렸다. 표정은 최대한 자신감 있게 지었다. 그리고 예약해 둔 택시기사를 못 찾아 두리번거리다가 손가락을 벌벌 떨며 다정이에게 메시지를 보냈다.

Ⅵ

마리옹(Marion) 이야기

종숙, 끝날 듯 끝나지 않은

- 외모 콤플렉스
- 마리옹의 양엄마, 실비 이야기
- 다정이 이야기
- 한국 여행을 결심하다
- 비행기에서 만난 친구
- DNA 검사를 하고

외모 콤플렉스

마리옹의 양부모는 서로 사랑해서 결혼했지만 두 번의 유산 끝에 딸을 입양했다. 엄마는 마리옹을 여느 친자식 이상으로 소중히 여겨서 키웠다. 그녀의 집은 부유하지는 않았지만 주말이면 피크닉을 갔고, 낡은 자동차를 타고 아까숑(Arcachon) 바닷가로 짧은 여행을 가기도 했다. 아버지는 항상 다정했고 엄마는 교육을 중요시 여겼다. 프랑스는 마리옹에게 부모와 교육과 문화와 사랑과 우정 모든 것을 주었기에 그녀는 최선을 다하고 싶었다.

그녀는 프랑스인처럼 사고하고 먹고 생활하지만, 문득 거울을 볼 때면 아시아인이라는 것을 느낀다. 의대 진학 후 그녀는 한국 여행을 가기로 마음먹는다. 그녀가 프랑스에서 만난 한국인 친구들이 착하고 좋았기 때문에 한국에 대한 호기심이 생겼던 것이다. 그리고 한국 글씨도 흥미로웠다. 모국어인 프랑스어 외에 그녀는 스페인어와 독일어, 영어를 배웠지만 아시아어는 처음 보기 때문이다.

의대 합격 후 처음 한국 땅을 밟았을 때의 그 느낌은 지금도 지울 수가 없다. '오 세상에. 나처럼 생긴 사람이 가득한 세상이라니!' 말만 하지 않으면 그녀는 눈에 띄지 않는 한국인이었다. 그녀는 꿈인 것만 같아 눈을 살짝 감았다가 다시 떴지만 현실이었다. 공항버스를 타고 서울 시내로 들어왔다. 신촌의 고시원에 자리를 잡았다. 고층 빌딩 사이사이 가난이 보였다. 모국이라는 애틋함보다는 밤늦도록 불이 켜져 있고 화려하고 시끄러운 나라가 좋았다.

이후 그녀는 한국에 거의 2년에 한 번은 꼬박꼬박 왔다. 한국에 자주 오다 보니 일상생활에서 하는 말은 거의 다 알아들을 수 있게 되었다. 의사가 된 다음에는 고시원 대신 레지던스 호텔을 예약할 수 있었다. 그래서 양부모와 함께 한국을 방문하기도 했다.

그녀는 홀트를 통해 친부모를 찾는 일은 하지 않았다. 생후 3개월에 입양되었으니 친부모가 자신에게 정이 있을 리 만무하고, 엄마가 미혼모였는지 실수였는지 그런 구차한 이유를 알게 되는 것도 싫었다. 대체로 부모를 찾는 입양인들은 5세 이상이 되어 입양되었다. 그 아이들은 부모에 대한 어렴풋한 기억도 있고 일반적인 혼인관계에서 태어났지만 비루한 환경 때문에 포기된 경우가 대부분이어서 그들 사이에 아픔과 정이 남아 있다.

마리옹은 한국에 대한 기억은 전혀 없지만 끌림이 있다는 것을 부정할 수는 없었다. 그녀 역시 외모 때문에 프랑스에서의 초등학교 시절이 쉽지는 않았다. 움츠러들고 소극적이 될 수밖에 없었다. 특히 타인과 눈을 맞추는 일은 힘들었다. 아이들이 "신떡 자고 있다.", "눈을 떴냐." 등등 작은 눈에 대한 비하를 했기 때문이다.

그러나 고등학생이 되었을 때는 학교 성적이 월등히 좋고 아이들도 어느 정도 성숙하여 놀림이 거의 없었다. 남자 친구를 만나지도 않았고 조용히 공부만 했던 그녀는 무난히 의대에 진학하여 착실한 인생을 살아갈 수 있었다. 늘 조용하고 책을 좋아해서 부모님과의 마찰도 없었고, 친구들의 놀림으로 우울해할 때면 부모님이 다정하게 위로해 주었다.

한국 방문을 자주 하다 보니, 마리옹은 한국 정서와 음식이 몸에 잘 맞는 옷을 입은 것처럼 편안해짐을 느꼈다. 한국인 특유의 귀여움과 친절함에 매료되어 그녀는 격년 바캉스를 한국으로 택할 만큼 편안하게 모국에 재안착하게 되었다. 특히 외모에 대한 불편한 시선들에 대한 트라우마가 조금씩 사라졌다. 다만 한국에 매년 올 때마다 성형수술을 한 한국 여자들이 많아져 원래 한국인의 얼굴과는 사뭇 다른 모습에 이질감이 생기기는 했다.

싸이의 〈강남스타일〉이 유행한 이후, 외국인들 사이에 강남 거리를 방문하는 것이 유행했다. 강남 거리를 지나다니는 여자들을 보면 옷차림이 연예인 같고 화장과 얼굴도 모델 같았다. 프랑스에도 화장하고 꾸미는 여자들이 있지만 모두가 화장을 하지는 않는다. 그러나 한국 여자들은 하나같이 예쁘게 잘 꾸몄다.

젊은 여자들은 눈이 크고 코가 오뚝했지만 할머니들은 예전 한국인 얼굴 그대로였다. 그래서 마치 한국엔 두 인종이 사는 것처럼 보였다. 프랑스에서는 할머니도 치마에 구두를 신고 화장을 하고 외모를 꾸밈에 있어 나이에 따라 크게 다르지 않다.

마리옹은 한국에 매년 올 때마다 그녀 또래의 젊은 여자들을 관찰하다 보니, 한국인들은 경제발전만큼이나 함께 외모도 진화하고 있는 느낌을 받는다. 성형외과가 가득한 강남 거리를 보면 한국인들이 그들끼리 살면서도 외모에 대한 콤플렉스가 있는 것은 아닌지 의문이 든다.

한국인들은 서구적인 얼굴을 선호했다. 프랑스인의 눈에는 더 아름다워 보이지는 않지만, 아무튼 한국인의 기호인 듯하다. 재미있는 사실은 한국인은 작은 얼굴을 좋아한다는 것이다. 프랑스에서 미의 기준은 큰 키와 균형 잡힌 이목구비인 데 비해 한국은 큰 키와 작은 얼굴을 선호했다. 특히 사진 찍을 때 두 손으로 양 볼을 가리고 찍는 것을 보면 웃음이 나왔다.

또 한국인들은 얼굴이 크다는 등 외모를 가지고 친구끼리 놀리는 경우도 있는데, 그런 것은 프랑스에선 상상도 할 수 없는 일이다. 그러나 한국인들은 농담으로 잘 넘기는 듯하다. 외모에 대한 한국과 프랑스의 여러 가지 다른 풍토가 재미있었다. 또한 마리옹은 선글라스가 왜 프랑스 부모님처럼 코에 걸쳐지지 않는지 늘 의문이었지만, 한국인들 대부분이 선글라스가 광대에 닿는 것을 보았다.

그녀는 인터넷으로 아시아 여성의 화장 전후 비교 모습을 보는 것을 즐긴다. 정말 완전히 다른 사람이 된다. 그녀는 화장을 하지 않지만 한 번쯤은 변신을 해 보고 싶다고 생각했다. 그리고 한국 여성들은 프랑스 브랜드 샤넬, 루이뷔통, 에르메스 등을 선호했다. 그녀는 프랑스에서보다 한국에서 루이뷔통을 더 많이 보았다. 다정이가 살짝 '짝퉁이 더 많을걸.'이라고 말해 줘서 깜짝 놀랐다. 마리옹 얼굴이 왜 순간 빨개졌는지 모르겠다고 나중에 다정이에게 고백했다.

그녀는 온순하고 착실한 아이였고 의사가 되었지만 그녀가 입양인이라는 사실을 바꿀 수는 없었다. 그녀는 설사 엄마가 사다 준 바지가 촌스러워도 감사하다고 입었다. 친구 로즈(rose)처럼 엄마를 향해 옷을 집어 던지는 행동 따위는 하지 못했다. 무의식적으로 양부모에게 신세를 갚고 싶었던 것 같다. 그녀가 그토록 평생 착한 아이로 군 것에 대해 엄마가 모르지는 않을 것이다. 그러나 엄마는 용기 있고 자존감이 높은 사람이어서 마리옹을 여느 자녀처럼 대했다.

성인이 되어 건강검진을 할 때, 의사는 마리옹에게 가족력 등을 물었다. 하지만 그녀는 아는 바가 없었다. 친부모가 당뇨가 있었는지 혈압이 높은지, 암에 걸린 적이 있는지. 그녀는 그제야 그녀가 프랑스인이기는 하지만 뿌리가 없다는 수치심이 몰려왔다.

소아과 의사를 하며 그녀는 수많은 아기들을 만난다. 아주 어린 아기가 어딘가 아파 울며 그녀에게 올 때마다 아주 정성스럽게 보살핀다. 아기가 하늘나라라도 가는 날은 어김없이 악몽을 꾼다. 한국의 어느 후미진 골목에서 어떤 아기가 빼액빼액 울다가 죽어 가는 꿈을…. 그럴 때면 마리옹은 벌떡 일어나 식은땀을 흘린다.

마리옹의 양엄마, 실비 이야기

동그란 뺨과 동그란 엉덩이, 동그란 눈은 아무리 봐도 질리지 않을 정도로 귀엽다. 사진으로만 보던 아기를 만나는 날, 실비(Silvy)는 혹여나 아이가 무서워할까 봐 오랜 반려견 새미(Sami)를 잠시 엄마 집에 맡겼다. 백인 아기를 신청했지만 10년 안에는 힘들다는 말에 한국이라는 나라로 생각을 바꿨다.

한국은 중국 옆에 있는 작은 나라인데, 국민들이 일본인처럼 온순하다고 했다. 동양 외모의 아이가 자라면서 자신을 엄마로 여길 수 있을지 실비는 걱정이 앞섰다. 실비는 자원봉사의 의미로 다른 아이를 데려다 키우는 것이 아니라, 오롯이 그녀의 사랑을 쏟아부을 대상이 필요했다. 그녀는 아기를 가질 수 없었다. 남편 필립(Philip)은 아기 없이 살자고 했지만, 그녀는 정말 아기를 너무나도 간절히 원해서 필립을 설득했다. 필립은 반대했다.

"아이가 자라면서 사춘기 때 우리를 원망할 수도 있고 자신의 부모를 찾겠다며 떠날 수도 있어. 또 몇 살의 아이가 올지 몰라. 나는 아기를 키우는 법도 모른다고. 아빠가 될 준비도 안 됐어."

엄마도 걱정하긴 마찬가지였다.

"아기는 개를 입양하는 것과는 다른 문제란다. 특히나 동양인의 핏줄에 남아 있는 관습을 우리는 잘 모르지 않니."

실비는 중국 아기든, 아프리카 아기든, 한국 아기든 상관없었다. 생명체만 다른 사람의 몸을 빌렸을 뿐, 아이를 먹이고 가르치고 교감하며 가족이 되는 것이라고 굳게 믿었다. 그리고 아이를 키울 때는 내가 더 아이를 사랑한다고 생각했지만, 실제로 아이가 나에게 더 많은 사랑을 주었다.

다정이 이야기

입양인들과의 저녁 식사. 다정은 마크와 푸코, 마리옹을 함께 초대했다. 푸코와 마리옹은 갓난아이 때 좋은 가정에 입양되어 한국을 즐기고 있었지만 마크는 달랐다. 그는 오십여 년 가슴에 묻어 둔 한을 풀어내고 싶었지만, 벨기에에는 '한(恨)'이라는 단어가 없으니 가슴에 박힌 먼지 덩어리가 무엇인지 알 도리가 없었다. 과일 한 박스와 커피, 초콜릿 등 선물을 잔뜩 사 온 모양새도 영락없는 한국인이다.

1970~1980년대 유럽은 중산층 이상이라면 가난한 나라의 아이 한 명쯤 입양하는 것이 선진국 국민으로서 자랑스러운 업적 중에 하나였다. 그들은 여러 명을 입양하여 기숙사 학생처럼 규율에 맞게 가르치고 교육시켰다. 그러나 어떤 가정은 따뜻한 부모 역할을 했고, 어떤 부모는 사감 같은 역할을 하기도 했다.

따뜻하게 안아 주고 침대 머리맡에서 책을 읽어 주는 부모가 있는가 하면 "Au lit(침대로)"라며 예절교육에만 치중하는 부모도 있다.

부모 입장에서도 마찬가지이다. 애교도 부리며 말을 잘 듣는 아이가 있는가 하면, 거칠고 떼쓰는 아이도 만난다. 서로가 어떤 사이가 되었든 가까운 사이이기 때문에 상처를 내기가 쉽다.

그러나 일반 가정의 아이와 입양된 가정의 아이 사이에 다른 점이 있다. 입양된 가정의 아이는 부모에게 당당하게 원망이나 분노 표출이 어렵다는 점이다. 부모도 아이가 반항을 하면 인간인지라 '감히'라는 마음이 든다. 부모 자식 간은 천륜이라 하여 싸우다가도 또 보듬는다. 그러나 입양한 부모 자식은 계약 관계이기 때문에 아이에게 치명적 결점이 발견되면 파양을 하거나 무책임한 관계가 될 수 있다.

또한 자녀는 항상 부모에게 고마워해야 하는 존재로 매김된다. 입양아에게는 부모가 '한국에서 버림받은 자신을 구제해 준 고마운 사람'으로 먼저 각인된다. '나'라는 인간이 그냥 '사랑스러운 존재 그 자체'가 아니라 '어디서 데려온 버려진 아이'인 것이다. 그 모멸감과 수치심은 견디기 힘들고, 썩은 뿌리로 버텨야 하는 자존감은 아슬아슬 불안하다.

같은 인종끼리의 입양은 상황에 따라 감출 수라도 있다. 그러나 이렇듯 다른 인종 간의 입양은 절대 숨길 수 없는 수치심을 늘 드러내 놓아야 하니, 어떤 몰상식한 인간을 마주치는지에 따라 시시각각 놀림감의 대상이 되거나 경계의 대상이 되는 것이다.

이야기를 나누는 동안 마크는 여러 차례 심호흡을 하며 눈물을 흘리고 바깥으로 나갔다가 들어오곤 했다. 다정은 마크와 이야기하다가 여러 입양 친구들의 이야기를 들을 수 있었고, 1980년대 입양 과정에서 부당한 절차가 많았다는 것을 알게 되었다. 그러나 책임자도, 사과하는 자도 없다. 피해자가 아동이기 때문이다.

한국 여행을 결심하다

마리옹은 그녀의 성격이 내성적인 것이 입양이라는 조건 때문이라기보다는 타고난 기질이라고 생각한다. 작은 키, 갈색빛이 도는 피부가 그녀의 삶에 큰 영향을 미쳤다고 생각지 않는다. 프랑스에는 흑인도 있고 아랍인도 있고 중국인도 있다. 프랑스에 인종차별이 없지는 않지만, 그래도 인종차별을 혐오하는 부류도 많다.

학창 시절에는 일본 만화가 인기를 끌어서 친구들은 마리옹에게 일본인이 아니냐고 많이 물어봤다. 그러다가 또 싸이의 〈강남 스타일〉이 유행하면서 한국 영화와 드라마도 인기를 끌었다. BTS 열풍에 비할 바 아니지만, 싸이는 한국 문화를 처음 대중들에게 알렸다. 마리옹이 한국을 찾기로 마음먹은 것은 드라마를 보면서부터이다.

한국 드라마는 여자들이 귀엽고 남자들이 허당인 등장인물이 많이 등장한다. 군데군데 코믹적인 요소가 많고 프랑스인 특유의 시크한 척하는 말투와 표정이 없어서 재미있었다. 드라마 속 할아버지들은 할머니들에게 자주 구박받고, 드라마 속 여자들은 실수도 많이 하고 잘 운다. 또 한국 드라마는 선한 인물과 악한 인물의 성격이 뚜렷했다.

마리옹은 원래 일본 만화를 좋아했는데, 한국 드라마의 남녀 주인공은 일본 만화와 비슷하지만 주변 가족들이 더 많이 참견하고 얽힌다. 한국 드라마에 빠진 프랑스 친구들이 꽤 있다. 마리옹은 한국인들을 만나 보고 싶어서 '한글학교'에 등록했다. 한글학교 교장은 프랑스에 오래 살고 있는 한국 여자였고 선생님은 한국 유학생들이었다. 한국인들은 마리옹을 환영했고 반겨 주었다.

마리옹은 그들과 어울리면서 한국어가 익숙하게 들리기 시작했다. 프랑스 전기 광고 모델 티셔츠에 '아줌마'라는 단어가 쓰여 있었는데, 그 뜻을 한글학교 선생님에게 물어보니 '마담'이라고 했다. 그러나 프랑스에서 쓰이는 마담과 한국에서 쓰이는 아줌마가 굉장히 다른 사회적 의미를 갖고 있다는 것을 배우며 더욱 한국 문화에 관심이 갔다. 한국에서는 아줌마라는 단어는 용기 있고 부끄러움을 모르는 성인 여자를 나타내었다. 반면 프랑스에서 마담은 성숙하고 교양 있는 성인 여자에게 사용한다.

한국인 친구들이 생기자 덕분에 마리옹은 친구들 사이에서 '인싸'가 되었다. 한국인 유학생들에게 자주 초대되어 한국 음식을 먹었다. 그러면서 자연스럽게 한국을 여행해 보고 싶다는 생각이 들었다. 마리옹에게 한국은 어머니의 나라라거나, 그녀가 태어난 나라가 아니라 그녀의 문화적 취미와 잘 맞아떨어진 외국일 뿐이었다.

입양인들은 '뿌리의 집'이라는 숙소를 저렴하게 이용할 수 있다고 했다. 그러나 마리옹은 호텔을 예약하기로 했다. 입양인들이 모여 과거를 이야기하는 곳에 가고 싶지 않았기 때문이다. 그녀는 한국에 대한 어떤 기억도, 그리움도 없을 뿐 아니라 프랑스에 대한 어떤 혐오감도 없기 때문에 오히려 입양인들과 어울리기가 어려울 것 같았다.

"마리옹, 오늘 저녁 우리 집에서 스와레(저녁 파티)가 있어."

연숙이 한국어 수업이 끝나고 나오며 한인 유학생 파티에 그녀를 초대했다. 마리옹은 흔쾌히 응하고 저녁 8시쯤 다시 만나기로 하고 헤어졌다.

연숙이네 갔을 때는 종수, 민정, 지혜가 와 있었다. 마리옹은 보르도 와인 한 병을 들고 갔고, 종수는 맥주 6개 한 묶음을 사 왔다. 연숙이는 부침개를 만들었고 민정이는 김밥을, 지혜는 김치를 가져왔다. 한국의 부침개는 프랑스의 갈렛(galette)처럼 만들지만 달지 않고 야채가 들어갔다. 김밥에도 야채가 들어갔다.

한국 음식은 신선하고 건강에 좋아 보였다. 모두 손이 많이 가는 음식이었다. 다 썰어야 하고 굽고 조리한다. 특히나 김치는 직접 만들 엄두도 내지 못할 만큼 조리 과정이 복잡했다. 프랑스 요리도 물론 세계적으로 유명하고 특히 마리옹은 리오네즈샐러드(Salade Lyonnaise)와 부이야베스(Bouillabaisse), 꼬꼬뱅(Coq au Vin) 등 다양한 요리를 좋아한다. 그러나 학생들 요리는 정말 간단하다. 슈퍼에서 다 잘라진 야채와 고기를 사서 굽기만 하면 된다.

마리옹은 친구들 덕분에 한국 음식의 세계를 알게 되었다. 한국 음식 중에 정말 신기한 것은 김과 멸치볶음이었다. 검은 종이와 작은 말린 생선을 먹는다는 것은 신비롭기까지 했다. 그것을 쌀과 함께 먹었고, 또 뜨거운 국물을 식히지도 않고 후루룩 소리를 내며 마셨다. 프랑스 음식은 따뜻한 정도이고 음식을 먹을 때 소리를 내지 않지만, 한국 사람들은 잘 먹었다는 뜻으로 '캬~' 하고 소리를 내거나 뜨거운 국물을 입안에서 어떻게 식히며 먹는지 묘기를 보는 느낌이었다.

마리옹은 매우 친근하게 한국을 알아 나갔다. 한국인들은 프랑스인들보다 유머를 즐겼고 너스레를 떨기 좋아하며 유쾌했다. 파티에서도 각자 조용히 즐기는 것이 아니라 둥글게 모여앉아 몇 명이 되었든 함께 이야기를 나누었다. 흥이 많은 사람들이었다. 술이 몇 잔 들어가자 종수가 노래를 부르기 시작했다.

'오, 저런(Oh, là là)!'

마리옹은 충격을 받았다. 처음 듣는 트로트라는 장르의 노래였다. 마리옹에게 트로트를 부르는 한국 친구들의 박수와 장단 맞춤 또한 충격 그 자체였다. 그러나 어느새 그 매력에 푹 빠지고 말았다. 한국어도 배울 겸 진성의 〈보릿고개〉라는 노래 가사를 프랑스어로 번역해 달라고 했다. '아이야, 뛰지 마라, 배 꺼질라'라는 가사는 혼자서는 도저히 해석이 되지 않았다.

한국어는 주어를 생략하고 짐작으로 문맥을 이해하는 언어라는 점도 신선했다. 예를 들어 '배 꺼질라'는 프랑스어로 '나는 네가 배가 고플까 봐 걱정이다(J'ai peur que tu aies faim).'라고 쓸 수 있지만 '배 꺼질라'만 검색하면 '생크림과 젤라틴 등을 이용하여 만든 부드러운 크림 디저트'라고 나온다.

또한 한국어에는 '주격조사(Particule du cas sujet)', '목적격조사(Particule accusative)'라는 것이 있는데 '내가 너를 사랑해.'와 '나는 너를 사랑해'의 차이를 나는 도저히 구분할 수 없었다. 또한 어떤 노래 가사에서는 '나 너 좋아해', '너 나 좋아해'라는 문장이 있었는데 오히려 이해가 쉬웠다.

마리옹은 한국 친구들로부터 언어를 배우는 과정에서 조금씩 한국에 대한 이해를 넓혀 갔다. 보릿고개가 한국의 어려운 시절 먹을 것이 없던 때를 뜻한다는 것도 알게 되었다. 그러나 그것은 1950년대 이야기로, 지금 한국 유학생들과는 매우 거리가 먼 이야기였다. 친구들은 유쾌했고 밝았고 풍요로웠다. 마리옹 역시 풍요롭고 행복했지만 그녀는 한국의 오점을 증명하는 사람이라는 것이 달랐다.

1990년대까지만 해도 그녀가 사는 아키텐(Aquitaine) 지방에서 한국인들을 보기란 쉽지 않았다. 간혹 있다 하더라도 북한 학생이거나 가난한 유학생들이었다. 그러나 2000년대 들어서며 잘 차려입은 한국 학생들이 많이 유학을 왔다. 그들은 일본 학생들보다는 떠들썩했고, 뭉쳐 다녔으며, 중국 학생들보다는 옷을 잘 입었다.

마리옹은 처음엔 동양인의 얼굴이 구분되지 않았는데 자꾸 보면서 일본인인지, 한국인인지, 중국인인지 맞춰 보는 재미가 있었다. 일단 일본인은 헤어스타일에 더 많은 공을 들였다. 한국인은 화장을 많이 하는 편이고, 중국인은 미안한 말이지만 패션이 좀 부자연스럽다고 생각했다. 공통적으로 동양인들은 옷을 입을 때 몸을 많이 드러내지 않았다.

입양인이라고 해서 하루 종일 한국을 그리워하는 것은 아니다. 대부분 잊고 지내지만 한국 사람을 만나면 코와 이목구비, 나와 비슷하게 생긴 얼굴들을 유심히 바라보게 된다. 그럴 때 '내가 동양계구나.'라는 생각은 하지만, 마리옹은 한국인처럼 호탕하게 웃을 줄도 모르고 술자리에서 유창하게 노래를 한 곡조 뽑을 줄도 모른다.

마리옹은 그녀가 만난 몇 명의 한국인으로 그 나라 전체가 어떻다고 판단할 수는 없지만, 한국이 슬픈 역사를 가진 것에 비해 유쾌한 민족이라는 생각이 들었다. 그래서 직접 한국에 한번 가 보기로 했다.

비행기에서 만난 친구

한국행 비행기에 올랐다. 옆자리에 동양 남자가 타고 있었다. 스튜어디스에게 음료를 주문할 때 그가 프랑스어를 하길래 마리옹은 자연스럽게 프랑스인이냐고 물었다. 그도 조금 놀란 눈을 하며 마리옹에게 프랑스인이냐고 물었다. 그의 이름은 매튜였는데, 놀랍게도 한국에서 입양되었다고 했다. 마리옹과 매튜는 동갑이었고 입양된 시기도 비슷했다. 운명으로 여겨졌다.

"너는 부모를 안 찾아봤어?"

매튜가 물었다.

"나는 그냥 여행 가는 거야. 너는?"

"나도 여행이야."

"어디 가 보고 싶어?"

"음… 일단 한국 바비큐 먹어 볼 거고 경복궁도 가 보려고. 넌?"

"난 강남, 그리고 잘 몰라. 남산. 서울의 가운데에 산이 있다는 것도 신기하지."

"응, 한국을 다녀온 친구가 그러는데 도시 건물 사이사이 산이 보인대."

"한국을 방문하는 기분이 어때?"

"좋아, 흥미롭고. 아시아를 방문하는 건 처음이거든."

"나도 아시아는 처음이야. 한국의 모습은 텔레비전에서도 잘 못 보니까 일본이나 중국과 비슷할까?"

그들은 기내식을 먹고 와인 한 잔씩 마시며 이런저런 아는 이야기를 나누었다. 비행기의 불이 꺼지고 한국에 거의 도착할 때쯤 매튜가 다시 조심스레 물었다.

"친부모는 안 찾고 싶어?"

"솔직히 잘 몰라. 미혼모일 것 같아. 내가 입양된 시기도 너무 어리고. 나를 원치 않았던 사람을 다시 찾는다는 게 내키는 일은 아니야."

마리옹은 그녀의 진심을 모른 채로 대답했다.

"우리가 입양 간 시기는 한국이 그렇게 가난했을 때도 아닌데 왜 입양을 보냈을까?"

"내가 듣기론 한국인들이 입양을 잘 안 한대."

"어째서?"

"핏줄이 중요하다고."

"아기를 못 가지는 사람들은 그럼 아기 없이 사는 거야?"

"자세히는 모르지만 사람마다 다르겠지."

"그럼 필요 없는 아기들은 해외로 보내는 건가?"

"수출을 너무 좋아하는 거 아냐?"

"아기에게 수출이라니…."

"내 말이 심한 것도 아냐. 많은 나라에서 한국을 고아수출국이라고 홍보잖아. 군사력은 상당하던데 사회적 복지시스템은 열악해 보여."

"나도 자세히는 모르지만 이번 기회에 여행을 하며 느껴 보려고 해."

장시간 비행하는 동안 그들의 대화는 끊이지 않았다.

DNA 검사를 하고

마리옹이 나중에 안 일이지만, 매튜는 이미 서류를 통해 어느 정도 친엄마에 대한 정보를 갖고 한국에 간 것이었다. 그러나 엄마가 그를 만나 줄지 안 만나 줄지 몰라서 여행이라고 했던 것이었다. 그는 친구를 통해 예약된 숙소로 갔고, 마리옹도 예약된 숙소로 향했다. 연락처를 주고받으며 한국 여행을 종종 같이하자고 했다. 저렴한 호텔을 예약해서 그런지 호텔은 명동에서 골목을 끼고 올라갔다.

DNA 검사를 통해 친부모를 찾는 확률은 3%이다. 마리옹은 누구에게도 말하지 않고 그녀의 DNA를 남겼다. 아주 간단했다. 면봉으로 입안을 한 번 훑고 작은 병에 담는 게 전부였다. 그녀는 한국 부모를 찾을 생각이 없다고 하지만, 한국말을 공부하고 한국까지 왔고 유전자 검사까지 마쳤다. 계속 아니라고 했지만, 그녀는 그렇게 움직이고 있다.

한국으로 향하는 그녀의 호기심을 부정할 수 없었다. 그러나 그녀는 아직 누구를 만나든 한국에 애절한 감정은 없다고 한다. 양엄마는 어떤 친엄마보다도 그녀에게 사랑을 듬뿍 주었고, 그녀도 다른 사람을 엄마로 생각해 본 적은 없었다. 그러나 그녀는 또 의정부 주소를 받아 들고 말았다. 엄마의 행방을 찾은 것이다.

마리옹의 친부모님의 집은 서울에서 북쪽에 있는 작은 도시인 의정부이다. 시멘트로 된 마당이 있는 주택이다. 여름이라 마당에는 플라스틱 테이블과 의자가 놓여 있었고 식사는 바깥에 차려졌다. 많은 친척들이 와 있었다. 마리옹을 입양 보낸 부모님은 그대로 함께 살고 계셨고, 딸 셋에 아들 하나가 있었다. 그녀는 넷째 딸이었다.

할머니의 명령에 따라 엄마는 그녀를 입양 보냈다고 했다. 너무 어릴 때 쥐도 새도 모르게 처리해서 친척들은 그녀의 존재도 모르거나 또는 사산된 줄 알았다고 했다. 그러나 엄마는 홀트에 엄마의 연락처와 유전자 감식 결과를 남겨 두었다. 다행히 할머니는 돌아가시고 안 계셨다. 어차피 살아 계셔도 상관은 없었다. 그녀는 이제 더 이상 주먹만 한 신생아가 아니니까 어느 누구도 그녀에게 어딜 가라고 명령할 수 없기 때문이다.

할머니가 그녀를 친모에게서 떼어 놓는 잔인한 일을 한 것이 마리옹은 전혀 이해되지 않았다. 유교 어쩌고 뭐 전해 들은 적은 있지만, 농사를 짓는 시대도 아니고 강아지도 아니고 맨정신으로 자식을 떼어 놓는다는 것이 상식적으로 가당키나 한가. 마리옹은,

“내 엄마는 노예가 아니다. 그들은 가족이면서 어떻게 내 엄마의 모정을 짓밟고 권리를 침해할 수 있는가. 대한민국은 민주국가가 아니던가. 법적으로 아무 문제가 없단 말인가. 엄마는 왜 거절하거나

항변하지 못했는가."

라며 다정에게 이야기했지만, 저녁을 먹는 세 시간 남짓한 시간 동안 그 실마리를 풀어낼 분위기가 아니었다. 당시 할머니는 마리옹이 태어난 후, 딸이란 이유로 식음을 전폐했다고 한다. 그리고 어디 가서 점을 봤는데 아이를 먼 나라로 보내면 다음에 아들이 태어날 것이라고 했고, 마리옹이 떠난 후 정말 아들이 태어났다. 마리옹의 한국 이름은 '종숙'이라고 했다. '종'이란 끝낸다는 뜻이다.

마리옹은 이러한 이야기들이 무슨 신화를 읽는 것처럼 느껴졌다. 한국은 드라마와 노래로, 인터넷 속도로, 경제적으로도 일본을 능가하는 부분도 많은데 이런 무속적 풍토의 불똥이 그녀에게 튀다니 믿겨지지 않았지만 현실이었다.

마리옹은 대한민국 의정부 어느 마당에 그녀를 닮은 사람과 함께 있다. 20여 년간 만난 적 없다가. 쓸모없는 아이로 태어났다는 사실도 확인했다.

'내 양엄마는 나를 소중히 키워 주었고 나는 쇼핑을 좋아하는 프랑스 여자이다. 그런데 나는 여기 왜 왔을까. 무엇을 확인하러 왔을까.'

마리옹의 머릿속이 복잡해졌다.

"이제 다시 만났으니 가족처럼 지내자."

배 나온 친척 아저씨가 말하는 것을 다정이가 통역해 주었다. 그들은 똘똘 뭉쳐 비슷한 음식을 먹고 같은 언어를 쓰며 살아왔을지 모르지만, 마리옹은 그들의 가족이 아니다. 그녀는 엄마를 흘깃 보았다. 엄마가 안쓰러웠다. 아이를 뺏긴 여인은 어떤 마음으로 살아

왔을까. 마리옹은 엄마의 손을 잡았다. 거친 엄마의 손이 파르르 떨렸다.

"엄마, 내가 돌아올 거 알고 있었나요?"

마리옹이 어색한 한국어로 물었다. 엄마는 입술을 꽉 깨물었다. 천천히 고개를 끄덕였다. 마리옹은 엄마를 안아 주었다.

"엄마 잘못이 아니에요. 괜찮아요. 난 잘 살았어요."

그제야 엄마는 참았던 눈물을 주르륵 흘렸다.

마리옹은 프랑스에 살면서 한국에 대한 그리움은 없었다. 어떤 기억도 없었으니까. 그리고 그녀는 인권이 보장되고 여성평등이 이루어지는 프랑스 여자로 살아가는 것에 감사한다. 그녀는 어떤 이유로 버려졌든, 친엄마가 자식을 찾기 위해 홀트에 엄마의 유전자 검사 결과지를 남겼다는 사실에 버려졌단 느낌이 지워졌다. 그녀를 버린 것은 할머니의 남아선호사상이고 아빠의 방관이며 엄마의 무저항이지, 결코 엄마가 딸을 사랑하지 않아서 버린 것은 아니라는 것을 이해해 나아갔다.

마리옹은 이제 와서 그들과 다시 가족으로 엮이고 싶지는 않다. 그냥 이대로 묻어 두고 싶다.

Ⅶ

오호흐(Aurore) 이야기
맏언니 영주의 도약

- 세 자매 이야기
- 한글을 잊은 열두 살
- 길수 씨 이야기
- 한국을 알아 가다

세 자매 이야기

집에 큰 다툼이 있었고 엄마가 집을 나갔다. 영주 8살, 영미 6살, 영희 3살이었다. 영주는 학교에 갔고 영미와 영희는 함께 집에 남아 있었다. 영희가 울면 영미가 젖병을 물려 주었다. 영희는 우유를 다 먹고 나더니 또 울었다. 영미는 영희에게 까꿍을 하고 장난감을 흔들어 주었다. 아기를 돌보는 다섯 시간이 영미에겐 너무나 길었다. 영미도 아직 엄마가 필요한 나이였다.

영희가 쉬를 했지만 기저귀를 갈지 못해서 영주가 학교에서 집에 올 때까지 기다렸다. 영미는 배가 고파서 과자 부스러기를 먹으며 영주를 기다렸다. 학교에서 돌아온 영주는 밥통에서 밥을 퍼 동생들에게 주었다. 아빠가 사다 놓은 반찬 한두 개로 허겁지겁 밥을 먹었다.

다음 날 영주가 가방을 메고 학교를 가려 할 때, 영미는 목 놓아 울었다. 가지 말라고. 그래도 영주가 나가려 하자 영미는 악을 쓰며 가지 말라고 소리를 질렀다. 혼자 남기 싫었다. 영주는 신발을 신다가 다시 돌아왔다. 함께 인형놀이를 하고 밥을 먹었다.

저녁 때 아빠가 왔다. 아빠는 저녁을 차리고 영희의 기저귀를 갈아 주었다. 저녁상에는 소주 한 병이 있었다. 아빠는 영미의 뺨을 쓰다듬더니 갑자기 엉엉 울었다. 영주도 따라 울고 영미도 따라 울고 영희도 따라 울었다. 이유는 몰랐지만 아이들은 아빠가 우니까 슬펐다. 아빠는 직장을 그만두고 영희를 돌보았다. 언니는 학교에 갈 수 있었다. 엄마는 언제 올까? 영미는 아빠에게 묻고 싶었지만 묻지 않았다.

그렇게 엄마 얼굴이 서서히 잊혀 갈 무렵, 자매는 작은 집으로 이사를 했다. 아빠는 영주에게 다시 일을 해야 한다고 말했다. 영주는 고개를 끄덕였고, 영미는 언니 손을 꼬옥 잡았다. 아빠 말에 고개를 끄덕이는 어린 언니가 대단해 보였다. 그리고 영주가 10살 때 세 자매는 모두 고아원으로 보내졌다. 영미는 영주 언니만 따라다니면 무섭지 않을 것 같았다.

금발 머리에 파란 눈동자인 아줌마가 영희를 보더니 귀엽다고 했다. 영미는 가슴이 콩닥콩닥 뛰었다. 알 수 없는 불안감이 밀려왔다. 고아원에서 어리고 귀여운 여자아이들은 그렇게 먼 나라로 떠난다. 원장 엄마가 영주나 영미에게 눈을 찡긋했다. 영희는 500만 원이지만 셋이 친자매이니 다 같이 데려가면 800만 원이라고 했다.

어차피 8살이 넘으면 입양 보내기 힘드니, 고아원에서는 영희에 언니들을 끼워서 보내면 좋다고 생각했다. 그렇게 자매는 서로 떨어지지 않고 비행기를 탈 수 있었다. 영주 12살, 영미 10살, 영희는 7

살이었다. 세 자매는 알파벳과 숫자가 쓰인 종이를 옷에 붙인 채 사진을 찍었다.

자매는 침대에서 처음 자게 되었다. 떨어질 것 같고 무서워서 프랑스 엄마가 불을 끄고 나가면 셋이 바닥으로 다시 내려와 꼭 끌어안고 잤다. 셋이 한국말로 소곤소곤 이야기를 나누면 프랑스 아빠가 다시 들어와 침대로 올라가라고 했다. 자매는 매일 밤 부모님이 나가고 나면 바닥으로 내려와 셋이 꼭 끌어안고 잤다. 한국 아빠는 지금쯤 무엇을 하고 있을까.

세 자매의 양아버지는 의사, 양엄마는 약사였다. 그들 집에는 두 아들이 있었는데 딸 하나를 입양하기로 결정했다가 딸이 세 명이 생긴 것이었다. 3층 집에 방은 넉넉하여 두 명쯤 더 오더라도 별 문제는 없었다.

티모데(Thimodé) 씨는 집 안에서 한국말을 금지시켰고 딸들의 프랑스어 교육을 엄격하게 시켰다. 프랑스어 선생을 따로 붙여 공부를 시켰고 매일 받아쓰기를 했다. 프랑스에서 한국인을 입양한다는 것은 부의 상징이었다. 그들은 이웃으로부터 좋은 일을 했다는 소리를 들었다. 영주는 악착같이 공부했다.

사춘기의 신체적 발육이 시작되자, 아빠의 손길이 남달랐지만 프랑스의 애정 표현인가 싶어 가만히 있었다. 그러나 어느새 그것이 아빠의 손길이 아니라 부정한 손길이라는 것을 깨닫고는 한 번만 더 몸에 손대면 경찰에 신고하겠다고 다부지게 말했다. 그러자 티모데의 눈길은 영미에게로 향했다.

영미는 너무나 무서워 밤마다 누뜰라를 두 통씩 퍼먹기 시작했다. 뚱뚱하고 못생겨져서 아무도 자기를 거들떠보지 않길 바라는 마음이었다. 누뜰라를 너무 먹어 토하고 싶을 때도 있었지만 영미는 누뜰라 먹기를 멈추지 않았다.

오빠들도 기회를 틈타 영미를 노렸다. 샤워를 하는데 일부러 문을 벌컥 열기도 하고, 엄마가 없으면 옷을 벗고 동생 방에 들어가기도 했다. 영미는 양엄마에게 도움을 요청했지만, 엄마는 정원 끝자락에 작은 집을 지어 아빠와 따로 살았을 뿐 양아빠의 추행을 멈추게 하지는 못했다.

고등학생이었던 영주는 그 지옥 같은 환경에서 벗어나기 위해 열심히 공부해서 치의대에 진학했다. 그리고 심리상담을 받으며 상처를 치유했다. 영미는 대학 졸업 후 은행에 취업했다. 언니들이 강하게 아빠를 막아 낸 덕분에 영희는 가족으로부터 어떤 성추행도 당하지 않고 자랄 수 있었다.

남자 친구가 생겨 마음의 안정을 찾은 영주는 한국 아빠를 찾기로 마음먹었다. 그 사이 한국말은 까맣게 잊었다. 한글을 보면 글자라는 것은 알겠지만 뜻을 전혀 알 수 없었다. 한국 아빠를 찾았지만 대화가 통하지 않았다. 얼굴은 기억나지만 아무 말도 할 수 없었다.

"영주야."

아빠가 불렀다. 들어 본 목소리였고 들어 본 이름이었다. 오호흐(영주)는 다정을 불러 통역을 요청했다.

"Papa, comment s'appelle ma sœur(아빠, 동생 이름은 뭐예요)?"

"영미."

"Comment s'appelle ma plus jeune soeur(막내는요)?"

"영희."

아빠는 오호흐를 호텔로 데려갔다. 프랑스에서 왔으니 프랑스 음식을 대접해야 한다고 생각했다. 일 인분에 10만 원이었다. 그러나 오호흐는 입에도 대지 않았다. 아빠는 한 달 치 생활비의 절반을 썼지만 딸이 왜 안 먹는지 알 수 없었다. 적금을 깨서 금목걸이 3개를 준비했다. 세 딸에게 하나씩 주고 싶었다. 오호흐는 다정이에게 물었다.

"이 목걸이 왜 주는 거야? 우린 이런 목걸이 안 하는데."

다정은 아빠의 마음을 이해하지만 오호흐에게 설명하기가 어려웠다.

"한국에서는 이런 보석이 값어치가 있다고 생각해서 소중한 사람에게 주는 거야."

"이해가 안 되네. 아프리카 할머니도 아니고 이런 금목걸이를 어떻게 한담."

오호흐는 아빠라는 존재의 감사함을 알지 못했다. 아빠들이라고는 오로지 돈만 퍼붓고 성추행을 한다. 또는 책임지지도 못한다. 아빠를 만나 감동이 없었다. 다시 만나고 싶지도 않았다. 그냥 궁금했다. 오호흐는 그녀가 태어나고 자란 곳이 어떤 곳인지, 그녀를 버린 아빠가 어떻게 살고 있는지 단지 궁금했을 뿐이었다. 아니, 어쩌면 너무나 그리웠다고 말하고 싶지 않았다.

12살에 배우기 시작한 프랑스어로 치과의사가 되기까지 얼마나 고통스러웠는지 되새기고 싶지 않았다. 한국에서의 어렴풋한 기억, 고아원, 프랑스에서의 어린 시절을 몽땅 게워 내고 싶었다. 한국 아빠가 보고 싶은 마음에 '사랑' 따위의 단어를 붙이고 싶지 않았다. 그래서 보고 싶은 마음에 '호기심'이라고 이름 붙였다. 그래야 견딜 수 있었다.

오호흐는 내년에 개인 치과를 개업한 후 아기를 낳을 계획이다. 사랑하는 남자와 직업, 아기, 친구들이 있지만 그녀는 부모가 무엇인지 알고 싶었다. 더러운 오물 같은 부모가 되고 싶지 않았다. 그런데 한국 아빠를 만나니 참 좋았다. 툴툴거리며 비싼 음식을 먹지 않았고 목걸이를 흉보았지만, 남자 친구와 같이 아빠를 다시 만나러 올 생각이다.

'아빠'라는 한국말은 기억났지만 아빠라고 부르지 않았다. 아빠는 짓무른 눈을 옷소매로 꾹꾹 누르며 계속 딸을 보았고, 오호흐는 도도하고 새침한 표정으로 아빠를 바라보았다. 아빠가 날 버려도 나 이렇게 잘 컸어요, 라고 말하는 듯했다.

"나는 너희를 버린 것이 아니다. 잠시 맡겼을 뿐이다. 다시 보러 갔을 땐 먼 나라로 보내졌고 홀트에서는 나에게 너희들의 연락처를 주지 않았어."

다정이는 아빠의 말을 통역했다. 오호흐의 표정이 부드러워졌다.

"그랬구나. 알았어요. 영미랑 다시 올게요."

"영희는?"

아빠가 물었다.

"영희는 한국에 관심 없대요."

오호흐가 대답하고 다정이가 통역했다. 아빠가 고개를 푹 숙였다.

'영희 기저귀를 제때 못 갈까 봐 직장을 그만두었었는데.'

오호흐는 홀트를 통해 한국 엄마도 찾았지만, 엄마는 자녀들을 만나기를 거부했다. 그녀에게 자식은 지우고 싶은 과거일 뿐이었다. 그래도 그녀 가슴에 멍은 남아 있을 것이다. 오호흐의 표정엔 별다른 변화가 없었다. 감정을 함부로 드러내지 않는 가정교육과 그녀의 근성이 그러했다. 무엇이든 극복하고야 말겠다는 의지가 그녀를 우뚝 서게 만들었다.

그렇게 도도한 표정으로 눈물 한 방울 흘리지 않던 오호흐는 남자 친구와 다시 아빠를 찾았고, 아이를 낳고 아빠를 또 만나러 왔다. 한국에 올 때마다 호텔에 머물며 아빠에게 피해를 주지 않도록 배려했고, 커피와 초콜릿 선물도 잊지 않았다. 아빠는 원두가루를 어떻게 먹는지 모른다. 나이가 들어 단 것도 먹지 않는다. 그래도 딸의 선물이 좋은지 계속 들고 있다.

"Pourquoi les gens ne pouvaient-ils pas laisser leurs enfants dans des crèches en Corée(왜 한국에서 아이들을 어린이집에 맡길 수 없었어)?"

오호흐가 다정에게 물었다.

"Il n'y avait pas de crèches à l'époque(그 시절에는 어린이집이 없

었어).”

“Alors, comment fonctionnent les femmes(그럼 여자들은 어떻게 일해)?”

“Après avoir accouché, de nombreuses femmes ont élevé leurs enfants à la maison(아이를 낳은 후엔 집에서 아이를 키우는 여자들이 많았지).”

“Tout le monde(모두가)?”

오호흐가 짜증나는 말투로 되물었다.

“Eh bien, pas tous, mais certains ont des grands-mères qui s'occupent d'eux, ou des travailleurs(뭐 모두는 아니고 할머니가 봐주거나 일하는 사람을 두기도 하지).”

“J'ai pu avoir une bonne éducation en France grâce à mon adoption et maintenant je pense que les droits des femmes en France sont meilleurs. Mais je ne reste plus en contact avec mon père français. Mon père est le seul père coréen(나는 입양된 덕분에 프랑스에서 좋은 교육을 받을 수 있었고 지금 프랑스 여성의 권리가 더 좋다고 생각해. 하지만 나는 프랑스 아빠와는 더 이상 연락하지 않아. 나에게 아빠는 한국 아빠뿐이야).”

“프랑스 아빠가 다 키워 줬는데 고맙다고 인사라도 드려야 하는데.”

사정을 모르는 아빠가 말했다.

“힘들었던 어린 시절을 한국 아빠에게 말하고 싶지는 않아. 고통은 각자의 몫이니까. 과거는 과거일 뿐이고.”

까칠한 오호흐는 아빠에게 상처를 드러내 보이고 싶어 하지 않았다.

"죽었다고 생각한 딸이 잘되어 찾아오니 죽어도 여한이 없습니다. 선생님."

아빠는 다정이를 선생님이라고 부르며 또 눈시울을 붉혔다.

한글을 잊은 열두 살

오호흐는 다정한 프랑스 남자와 결혼했고 아들도 있다. 그녀는 프랑스에서도 매우 상류층에서 자랐으며, 학업 성적도 늘 우수했고, 프랑스 친구들과 여행을 다니며 즐거운 생활을 한다.

프랑스인들은 관심 두지 않는데(적어도 관심 있는 척은 안 한다) 한국인들이 하는 질문들 중에 오호흐가 여전히 대답하기 어려운 질문들이 있다. 사실 그녀는 몇 가지 질문에 대해서는 짜증이 나며, 티를 내지 않으려고 조심하지만 미간이 찌푸려진다. 그녀는 그 질문들을 피하지 않고 마주해 보려고 한다.

"첫째, 한국의 인상은 어떻습니까?"

"물론 내가 자란 낭트와 서울은 매우 다르다. 그래서 놀랍고 흥미롭다. 한국인들은 고층빌딩과 발전된 도시 모습을 자랑스러워하고 내가 한국이 가난하지 않은 나라라고 생각하길 바라는 듯하다. 하지만 나는 고층빌딩이 부의 상징이라고 생각하지 않는다. 나는 동대문의 고층빌딩 사이에서 장시간 노동을 하며 도시락을 먹는 노점상 주인들을 보았다.

또한 한국인들은 고층빌딩을 닮은 아파트를 선호한다. 심지어 지방 도시를 방문해도 아파트가 즐비하다. 아마도 한국인들은 건물 외관의 아름다움보다는 아파트 내부의 깨끗함, 편리성, 재산으로의 가치 등을 선호하는 것 같다. 반면, 프랑스인들은 고유성과 자연이 어우러진 주택을 선호한다."

"둘째, 친부모를 만남 소감은 어떤가요?"

"이러한 질문은 모두 경험에 따라 답이 다를 것이다. 내 경우에 아빠를 찾고 싶었던 이유는 프랑스 아버지와의 애정이 없었고, 내가 아이를 낳아 보니 생물학적 유대감이라는 새로운 느낌을 알게 되었다. 나는 아들 에밀(Émile)과 만난 지 1초 만에 강한 끌림을 느꼈고 그와 대화를 나누어 본 적도, 함께 생활한 적도 없는데도 사랑이 느껴졌다.

갓난아이와 엄마가 분리된 개체인지 느끼지 못하듯 나 역시 내 몸에서 나온 생물에 대해 인간으로서의 사랑보다는 내 몸의 일부인 듯 느껴졌다. 한국 아빠는 나와 내 동생을 키우려고 애쓰다가 포기했고, 나는 아빠의 사랑에 대한 기억이 있기 때문에 다시 한국 아빠에 대한 애정을 느낄 수 있었다.

그러나 세 자매를 두고 집을 나간 엄마에 대해서는 어떤 이유에서든 관심을 두지 않기로 했다. 홀트를 통해 친엄마의 행방을 알게 되었지만 그녀 역시 나를 만나기를 거부했다. 이것은 '제대로 자식을 외면한 경우'이지만 나는 성인이고 아이 엄마이기 때문에 이런 경우까지 염두에 두었다.

이차적 버림받음에 대한 충격은 견딜 힘이 있었다. 이미 어린 시절 수많은 아픔을 통해 상담치료와 약물치료를 병행해 온 나로서는 '엄마가 나를 만나지 않을 수도 있다'라는 걱정을 하기보다 '엄마는 나를 평생 볼 생각이 없구나'라는 결과를 알게 된 것이 나았다. 하지만 내 동생 마린느(Marine, 영미)는 내 이야기를 전해 듣고 한국 방문을 포기했다.

그녀는 깊은 상처를 받고 프랑스에서 몇몇 알고 지내던 한국 친구들과의 인연까지 끊어 버렸다. 마린느는 한국 아빠에 대한 기억도 희미한 데다가 프랑스 아빠와의 기억도 안 좋고 친엄마나 양엄마에 대한 애정도 없다. 밝고 영리한 아이이지만 부모와의 유대감이 약한 마린느는 장애가 있는 세바스티앙(Sébastien)과 동거를 하여 딸 데이지(Daisy)를 낳아 그녀의 삶을 꾸리고 있다.

그나마 다행인 것이 마린느가 학교 교육을 잘 받아 은행에 안정적으로 다니기 때문에 본인의 삶 전부가 무너지지는 않았다는 것이다. 프랑스 양부모가 잘한 점이 있다면 사회에서 제대로 된 직업을 갖고 경제적 독립을 하는 것이 얼마나 사람의 인생을 인간답게 만드는지를 가르쳤다는 것이다. 우리는 제대로 교육받지 못해 빈곤에 허덕이는 이민자들을 보며 '입양되지 않았다면 우리 삶도 저렇게 가난에 허덕였을 텐데….'라는 생각을 했다.

우리에겐 좋은 학교를 통해 신분을 상승시킬 기회가 있었고 그 문은 단 하나뿐이었다. 그래서 공부했다. 친부모든 양부모든 아이는 성장하기 위해 어떤 동아줄이라도 잡아야 한다. 내가 부모로부터 경제적 독립이 되어야 내 부모를 사랑할 수 있었다. 나는 한국의 아버지와 계속 연락하며 내 공허함, 내 구멍 난 유대감 등을 더 치유할 것이다."

"셋째, 한국인이라고 느낄 때가 있나요?"

"솔직히 말하면 전혀 없다. 그러나 한국계 프랑스인이라고 생각한다. 프랑스 사회는 어른이 된 이후에 입양인이라는 차별을 받지는 않는다. 미국에 사는 아일랜드계 미국인이 자신의 출신 때문에 괴로워하지는 않을 것이다. 나는 내가 한국계임이 부끄럽지도 자랑스럽지도 않지만 내가 부끄러운 것은 '버림받은 적이 있는 출신'이라는 점이다. 어쨌든 그 출신은 내 잘못은 아니지만 사춘기 때는 극심한 고통을 주었다."

한국 아빠의 집은 관악구다. 다정이가 낙성대역으로 차를 가지고 오호흐를 만나기 위해 마중 나왔다. 오호흐와 남자 친구 패트릭(Patrick), 아들 에밀은 좁은 골목을 올라간 어느 빌라에 차를 세웠다. 아빠는 재혼한 부인과 살고 있었는데 그녀가 낳은 딸도 함께 있었다.

오호흐는 새엄마가 좋은 사람으로 느껴졌다. 어찌나 음식을 많이 차렸는지 손님을 50명은 치러도 될 것 같았다. 소파 앞에 상을 차렸는데 모두 바닥에 둘러앉아 식사를 해야 했다. 패트릭은 바닥에 앉기가 힘들어 소파에 앉아 접시를 들고 식사를 하기로 했다. 오호흐는 바닥에 앉는 것이 불편하지 않았다.

그녀는 다정이의 통역을 통해 아빠로부터 어린 시절 이야기를 들을 수 있었다. 그녀가 어떤 아이였는지 어떤 성격이었는지 자신의 정체성을 찾고 스스로를 치유하는 데 그런 것들은 큰 도움이 되었다.

그녀가 입양된 나이가 12살이었기 때문에 그녀는 분명 너무나 많은 기억을 할 수 있는 나이인데도 불구하고 어린 시절이 하나도 생각나지 않는다. 그것은 심리상담 의사도 특이한 일이라고 하였다. 프랑스인이 되지 못하면 살아남지 못한다는 강한 불안감이 한국에서의 기억을 몽땅 지워 버린 것 같다.

보통 그 나이쯤 입양된 다른 친구는 한국말을 기억하고 있다. 그 친구는 프랑스어보다는 못하지만 한국인처럼 말한다. 그러나 오호흐는 한국어를 단 한마디도 기억하지 못한다. 양부모님이 그녀를 프랑스에 적응시키기 위해 한국어를 금지시켰고, 학교를 다녀야 하는 나이였기 때문에 스파르타식 훈련으로 프랑스어를 익히게 했다. 그 날 정해진 프랑스어를 다 공부하지 않으면 저녁 식사를 주지 않기도 했다.

그래서 그녀는 한국을 그리워할 틈도 없었다. 먹기 위해 살기 위해 그녀는 악착같이 프랑스어를 익혔고, 덕분에 학교생활에 빨리 적응하고 얼마 안 있어 성적까지 우수한 학생이 되었지만 그러한 과정에서 그녀의 어린 시절은 뒤엉켜 버렸다. 양아버지의 추태만 없었다면 그녀는 만족스러운 결과에 대해 감사히 여겼을 것이다.

그녀가 낭트에서 치과를 하고 있기 때문에 손님들 중에는 아버지의 병원 환자도 있다. 오호흐 가족은 외적으로 성공한 가족이다. 아버지가 의사, 엄마가 약사, 입양한 딸도 같은 지역에서 치과를 하니 많은 사람들이 양아버지를 칭송한다. 12살이 된 여자애를 입양하여 의사를 만들었다고.

그러나 그녀는 양아버지와의 연을 끊었다. 그 집엔 발도 들여놓지 않는다. 아름다워 보이는 것이 다 아름답지도 않고, 추악해 보이는 것이 다 추악하지도 않다.

길수 씨 이야기

길수는 고등학교를 마치지 못하고 공장에서 일을 시작했다. 공장 기숙사에서 숙식을 하며 지내다가 돈을 좀 모아 작은 방을 하나 얻어 나왔는데, 그때 나이가 스물다섯이었다. 태어나서 처음 혼자 잤다. 코 고는 소리도 들리지 않았고 더 이상 공장 선임들로부터 얻어맞지도 않았다. 자그마한 흑백텔레비전까지 하나 갖추니 그야말로 천국이 따로 없었다.

결혼식은 못 올렸지만 혼인신고까지 하고 여섯 살 어린 여자 경미와 스물여섯에 결혼도 하였다. 경미가 임신을 하고 아이를 낳아 길수는 월급을 그대로 다 갖다 주었다. 방 두 개짜리 집도 마련했다. 경미는 둘째를 낳고 산후 우울증이 왔지만 셋째를 임신했다. 그때부터 그녀는 아이들을 방치하고 굶기고 밖으로 돌았다.

길수는 퇴근하고 오면 엉망인 집과 꾀죄죄한 아이들을 보며 경미에게 화를 내기 시작했다. 그들은 둘 다 성인이지만 피임이 무엇인지도 몰랐고, 고아로 자라서 아이들을 키우는 법도 잘 몰랐다. 길수는 경미에게 다른 남자가 생겼다는 것을 알게 되었다. 그날 길수는 처음으로 경미에게 손찌검을 했고, 다음 날 퇴근하고 집에 오니 경미는 사라졌다.

배고픈 아이들이 길수를 바라보고 있었고, 막내는 태어난 지 얼마 안 된 상태라 그는 아내에게 분노할 겨를도, 피곤할 겨를도, 힘들다는 생각을 할 겨를도 없었다. 일단 아이를 먹여야겠다는 생각에 불안했다. 아이는 모유를 먹고 있었기에 집에는 분유와 젖병이 없었다. 후다닥 뛰어나가 동네 슈퍼에 가서 젖병과 분유를 어디서 살 수 있는지 물어보았다. 이 밤중에 어디서 산단 말인가.

길수는 쌀을 끓여서 그 국물을 아이에게 먹였다. 아이는 배가 고픈지 2시간 후에 또 울고, 2시간 후에 또 울고…. 길수는 밤새도록 미음을 먹이다가 밤을 꼬박 새웠다. 정신이 혼미했다. 그리고 다음 날 회사에 휴가를 냈다. 막내는 태어난 지 백일이다. 첫째는 여섯 살, 둘째는 네 살. 맡길 곳도 없고 돌봐 줄 사람도 없다.

아내를 찾기 위해 여기저기 수소문을 하며 전화를 걸고 찾아다녀 보았지만 아내의 행방을 아는 사람은 없었다. 아내를 만나면 두 손 두 발 모아 싹싹 빌고 제발 이 어린 것들을 외면하지 말아 달라고 말할 참이었다. 그러나 아내를 수소문할수록 그녀의 채무가 넘어오기 시작했다.

다 어리지만 특히나 막내는 혼자 둘 수가 없어서 회사를 계속 결근하다가 결국 잘리고 말았다. 요즘처럼 육아휴직이 있던 시대도 아니었다. 벌이가 없어 집을 처분하고 방 한 칸짜리 월세로 옮겼다. 첫째 영주는 영리하고 똑똑해서 일곱 살이 되니 동생들을 돌볼 줄 알게 되었다. 낮에 잠깐씩 노동판에 나가기도 하고 하루 일당을 벌어 집에 오는 길에 라면과 과자 등을 사 왔다.

그러다 그마저도 다리가 부러져 깁스를 하고 일을 못하게 되면서 슈퍼에서 외상으로 쌀이며 라면을 사다 애들을 먹였다. 슈퍼 주인이 외상값이 너무 밀려서 더 이상 물건을 줄 수 없다고 하며 차라리 고아원에 일 년 정도 맡기고 그사이 돈을 벌어 다시 아이들을 데려오라고 조언을 해 주었다.

길수는 피눈물을 흘리며 고민을 하다가 큰 결심을 하였다. 아이들을 굶길 수는 없었다. 그렇게 하여 세 아이를 고아원에 맡겼다. "아빠가 꼭 다시 올게."라고 몇 번이고 말했다. 큰딸 영주는 길수를 오래도록 바라보았다. 그 조그만 아이는 아빠에게 가지 말라는 말도, 날 어디 두는 거냐고 묻지도 않았다. 아빠가 하는 어떤 결정도 믿는다는 눈빛이었다.

길수는 다리가 다 낫고 외상값을 갚고 나서 과자를 사 들고 아이들을 만나러 고아원에 갔다. 그러는 사이 4년이란 세월이 흘렀지만, 그는 여전히 아이들을 데려오지 못했다. 고아원 원장이 말했다.

"아이들을 좋은 나라에 보내서 교육시키는 건 어떠십니까? 어차피 딸들을 엄마 없이 어떻게 키웁니까. 겨우 밥이나 먹입니다. 프랑스로 내가 입양 가게 주선해 줄 테니 한번 생각해 보세요. 여기보다야 백배 낫지요. 암, 낫고말고."

"어… 어떻게 믿고 보내요…."

"국가에서 하는 일인데 못 믿습니까. 공식적으로 서류 다 검토하고 자격 심사해서 좋은 부모에게 보내는 건데. 여기 사진들 좀 보십시오. 미국으로 간 애들이 어떤 집에서 사는지."

"으리으리하네요.."

"자식을 끼고 산다는 게 꼭 좋은 것만은 아닙니다. 하나도 아니고 셋을 어떻게 키우겠습니까?"

"저, 전…. 그래도 인두겁을 쓰고 자식을 어떻게 버립니까."

"버리는 게 아니에요. 더 나은 환경에서 키우자는 거지. 진정으로 자식을 위한 길을 생각해 보세요. 나이가 많아서 사실 영주는 입양도 안 되는데 내가 요령이 있어서 셋이 같이 한집으로 가게 힘써 볼게요."

길수는 손을 부들부들 떨었다. 오한이 들었다.

'내가 그렇게 못난 놈인가. 내 자식을 키울 능력도 없는가. 그렇다. 방 한 칸에서 자라나는 아이들에게 책가방도 못 사 주고 라면만 먹이며 겨우 생명 유지만 시킨 것 아닌가. 무엇보다 영희가 너무 어려 내가 일을 할 수가 없다. 입양을 가면 다들 그렇게 잘 먹고 잘산다는데. 서양 사람들은 고기도 많이 먹인다는데. 내가 아이들을 위해 물러서는 게 옳은 것인가.'

"길수 씨도 아직 젊은데 새 출발해야지."

"아… 아닙니다. 저는 그런 생각은 추호도 없습니다. 아이들에게 미안할 뿐이지요."

"애들이 뭐 죽으러 가나. 잘 먹고 잘살러 가는 거지."

고아원 측에서는 아이를 원하는 양부모가 나타나면 입양을 보내야 하기 때문에 아이들을 데려가든가 아니면 입양을 보내라고 했다. 길수는 아이들의 미래가 그려졌다.

'한국에 있어 봤자 공장에서 저임금으로 고생만 할 뿐이다. 내가 좋아 아이들 붙들고 있는 게 능사는 아니다. 적어도 아이들에게는 교육의 혜택을 주고 싶다.'

결국 길수는 입양을 승낙했다.

그는 집으로 돌아와 소리 내어 꺼억꺼억 울었다. 자식에 대한 그리움과 자신의 가난과 처지가 서러워 그대로 죽고 싶었다. 그러나면 훗날 자식들이 잘 자라 혹여나 아빠를 다시 찾을까 싶어 비참한 목숨을 끊지도 못했다.

특히나 영주와 영미는 한국에 대한 기억이 있는데 어떻게 적응해 나갈지 걱정도 되었고, 부모임을 포기한 아빠가 무슨 걱정할 자격이 있나 싶기도 했다. 길수는 아이들을 그와 같은 가난의 구렁텅이에 살게 하고 싶지 않았다. 내 온몸이 부서져도 좋고 마음은 뭉그러진다 해도, 아이들만큼은 배불리 먹이고 싶었다.

그로부터 25년이 흘렀다. 길수는 아이들을 떠나보낸 뒤로 정관수술을 하고 다시는 어떤 자식도 갖지 않겠다고 마음먹고 살았다. 자식은 오로지 자신의 마음속에 살아 있는 영주, 영미, 영희뿐이었다. 좋은 사람을 만나 재혼도 했고 아내의 딸과도 잘 지냈다. 그러던 어느 날, 오호흐 친구라며 메시지가 하나 왔다. 처음엔 누가 잘못 보냈거나 보이스피싱인 줄 알고 무시했다. 그러다 이틀 뒤쯤 오호흐라는 글자 뒤에 괄호를 하고 '영주'라는 이름이 쓰인 메시지가 다시 왔다.

'영주? 내 딸 영주? 동명이인인가 보다.'

심장이 두근거렸지만 감당이 될 것 같지 않아 전화를 걸어 보지 못했다. 그러다 오후쯤 전화가 울렸다. 밝은 목소리였다.

"아버님, 저 오호흐 친군데요. 오호흐가 한국에 오겠다며 이 연락처를 저에게 주었어요. 오호흐 아버님 맞으시죠?"

"오흐? 호호?"

"아앗, 죄송해요. 영주요. 제가 그만 습관이 되어서."

"영주요?"

"25년 전에 프랑스로 입양 보내셨죠? 지금 잘 자라서 아버님 뵙고 싶어 해요."

길수는 말문이 턱 막혔다.

"영주가… 영주가…."

눈물이 왈칵 쏟아졌다.

"네, 영주 잘 커서 치과의사예요. 아버님. 아들도 있어요."

"아이고, 선상님, 감사합니다. 감사합니다."

"제가 뭘요. 아버님 따님이 똑똑하신 거죠."

"저… 영미랑 영희는요?"

"음… 아마도 둘째랑 셋째 딸인가 봐요. 잘 지내고 있어요. 영미는 은행에서 일하고, 막내는 대학생이에요."

"걔들도 온대요?"

"이번엔 영주만 와요. 영미는 나중에 올 생각이 있고, 영희는 한국엔 관심이 없는 상태예요."

"그렇겠죠. 너무 어릴 때 떼어 놔서. 영주는 왜 제게 연락 직접 안 하고요?"

"한국말을 못해요."

"한국말 잘했는데."

"다 잊어버렸어요, 아버님."

"하나도 못해요?"

"네."

"아이고, 어쩌나. 선상님이 통역 좀 제발 해 줘요. 내가 영주랑 할 말이 태산이에요."

"네, 그럼요. 일단 만날 날짜를 정해야 할 것 같아요."

"그람요 그람요. 전 언제든지 휴가를 내죠. 맞춰야죠. 딸이 오는데."

길수는 꿈인가 생시인가 했다. 할 말이 무지 많다고 생각했는데 머리가 아득해지며 말이 나오지 않았다. 통역자를 두고 누구와 이야기를 해 본 적도 없었고, 한국말을 못하는 딸을 만나니 어떤 말을 해야 할지도 몰랐다. 25년의 세월이 한 번에 이어지지 않았다. 말 뿐만 아니라 표정, 태도 이 모든 것이 이질적이었다. 분명 얼굴은 길수의 딸 그대로인데 눈빛은 읽을 수가 없었다.

그러나 그는 아무래도 좋았다. 딸이 좋은 교육을 받아 의사가 되었으니 25년 전 그의 선택에 후회가 없었다. 다정이 "영주가 마냥 행복한 것만은 아니었어요."라고 조심스레 말했지만, 길수는 그 뜻을 잘 알아차리지 못했다. 부모에 대한 그리움과 원망이 있을 거라 짐작했다. 때론 눈치도 보았을 거란 생각이 든다. 언어를 배우는 일도 힘들었을 거라 짐작한다. 원망스럽겠지.

마음껏 원망해도 그는 다 받아 줄 작정이다. 미워해도 좋다. 해 줄 수 있는 거, 못 해 준 거 다 해 주고 싶었지만 속 얘기 마음껏 하기엔 다정이 더 편했다. 다정은 길수의 오묘한 마음을 잘 이해해 주었다. 다정도 영주도 프랑스에서의 힘든 일은 길수에게 말하지 않았다.

길수는 그들이 약간 힘든 내용을 말하려 할 때 사실 회피했다. 감당할 수 없을 것 같았다. 그러나 어떤 일이 있었든 보호해 주지 못했고 앞으로도 보호해 주지 못하는 모지리 부모라 들을 수가 없었다. 어쩌면 길수는 그때도 지금도 비겁한지 모르겠다. 다 듣고 보듬어 주어야 하는데, 그는 자식의 설움을 들으면 살아 있는 것도 힘들 것 같았다. 그나마 애들이 행복했다는 위안이 있어야 숨을 쉴 수 있을 듯했다.

영미는 가끔 길수에게 딸의 사진을 보냈고, 영주는 여행을 많이 다니는지 여행 다닌 이야기를 했다. 70이 넘어 퇴직을 앞두고 아이들이 프랑스로 놀러 오라고 했다. 길수는 못 배운 사람들은 해외여행을 혼자 못 한다는 것을 딸들은 이해를 못해서 할 수 없이 다정에게 연락을 했다. 다정은 서양 사람들은 여행을 많이 다녀서 노인들이라 해도 혼자 여행하는 것이 자연스러워서 딸들이 아빠를 초대하는 모양이라고 했다.

"패키지를 신청하여 중간에 잠깐 딸들을 만나는 건 어떨까요?"

"아버님 연세와 경제적 상황을 고려하여 가시고 싶으면 방법을 찾아봐야겠지만, 아버님이 많이 고생하실 것 같아 걱정입니다. 유럽 패키지가 짧은 기간에 많은 나라를 돌아다녀요. 같이 동행할 수 있는 젊은 사람이 있어야 가능할 것 같아요. 당장 공항에서 나가 어디서 택시를 타며 어디서 묵고 어디서 먹을지…. 쉽지가 않습니다."

"그렇죠. 휴…. 딸들이 오라는데, 딸들 소원이라면 다 들어주고 싶어요. 제가 비용을 낼 테니 선생님이 좀 같이 가 주시면 안 될까요?"

"저도 일을 하다 보니 당장 떠날 수는 없고요, 일단은 따님이 오실 때 맞이하여 주는 것이 좋겠습니다."

"네, 선생님. 조만간 찾아뵙겠습니다. 다 감사드려요. 딸들이 요즘은 메신저로 한국말을 보내요. 번역기를 돌려서 제가 읽는 것보다도 더 빨리 한국말이 와요. 그런데 속 시원히 말은 안 되니까 자꾸 여기다가 이렇게 얘기하게 되네요."

"언제든지 말씀하시고 싶을 때 말씀하세요."

다정은 이름처럼 다정하게 전화를 받아 주었다. 그래도 그는 죽기 전에 딸들과 인터넷으로 소식을 주고받으니 감개무량하다. 감사하고 또 감사하다.

막내 영희는 연락하지 않지만, 길수는 그것도 좋았다. 아빠를 그리워하지 않는다는 것은 그만큼 프랑스에 잘 적응했다는 것이니. 영미를 통해 영희가 대학을 졸업하고 좋은 회사에 취업되었다는 이야기도 들었다. 평생 배고프지 않게 산다는 소식은 그가 가장 바라던 소식이다.

한국을 알아 가다

오호흐는 한국 아빠를 만나고 서울을 다녀온 뒤 또 다른 호기심이 생겼다. 자식을 낳고 보니 단순히 '가난' 때문이라고는 이해되지 않았다. 국민들 가운데 입양에 반대하는 사람이 없었다는 것도 신기했다. 프랑스는 무슨 일을 하든 항상 찬반양론이 팽배했고 어쨌든 투쟁, 데모, 토론을 거쳐 정책이 결정되다 보니 반대편의 일부도 수긍했다. 적어도 자신이 무엇을 원했는지는 알고 지나간다.

특히 1968년 프랑스에서 일어난 혁명은 성공과 실패를 논하기보다는 그 의미를 누구나 배우고 있다. 68혁명의 슬로건으로는 여러 가지가 있지만 "금지하는 것을 금지한다(Il est interdit d'interdire)."가 대표적이다. 2차 세계대전 후 유럽은 여느 나라들처럼 경제적 재건을 위해 애썼다. 당시 프랑스 대통령은 샤를 드골(Charles de Gaulle)[4]이었는데, 프랑스 국민들은 지금도 그의 업적을 존경한다.

그러나 1968년 한 달간의 혁명은 프랑스 전체의 가치관을 뒤흔들 만큼 지금의 프랑스를 만든 혁명이었다고 생각한다. 이 혁명을 통해 프랑스는 종교, 애국주의, 권위에 대한 복종 등의 보수적인 가치들을 대체하는 평등, 성해방, 인권, 공동체주의, 생태주의 등의 진보적인 가치들이 사회의 주된 가치로 자리매김하였다.

68혁명을 통해 대학 남녀 기숙사가 통합되었고, 전국 대학 평준화가 이루어졌으며, 가난 때문에 대학을 못 가는 일은 사라졌다. 여성과 아동의 권리를 남성의 위치와 동등하게 놓기 위해 전 국민이 힘을 합친 결과이다. 미혼모이든, 이혼을 했던 어떤 여성도 자신의 아이를 양육할 권리도 가질 수 있었다.

억울한 사람만 국가에 항변해서는 바뀌지 않는다. 억울하지 않은 사람도 부당하다고 생각하는 체제에 대해 함께 움직여야 한다. 프랑스인들은 샤를 드골이나 퐁피두 대통령, 미테랑 대통령을 지금도 역사적 위인으로 생각한다. 물론 정치적 스캔들이나 비리가 없었던 것은 아니지만 적어도 국민들이 우매하게 당하고 있지는 않았다.

그러나 한국의 역대 대통령이 감옥을 오가는 뉴스를 보며, 늦었지만 한국인들 역시 저항 문화가 분명히 있다는 것을 알게 되었다. 오호흐는 부모의 개인적 불운과 가난으로 그녀가 버려졌다고 생각하지 않는다. 국가는 국민을 보호할 의무가 있다는 교육을 받은 그녀로서는 한국 정부가 보다 나은 정책을 만들어 나가길 바라고 있다.

4 1959년 1월 8일 프랑스 대통령에 당선되어 1969년 4월 28일까지 10년간 집권하였다. 이후 1970년 4월 5일, 그가 설립한 정당인 'Rassemblement du Peuple Français'가 'Union des Democrates pour la Republique'로 합류하여 'Union des Democrates pour la Ve République'가 탄생하였다.

다정이로부터 한국은 유교의 나라라고 들었다. 젊은 세대들은 가치관의 차이가 크지만, 세대 간 갈등은 역사적으로 이해할 필요가 있었다.

오호흐는 할머니와 함께 피자를 먹고 엄마가 운전하는 차를 타고 휴가를 떠나기도 한다. 또 아빠와 춤을 추기도 한다. 그러나 다정이는 한국 할머니들은 식성도 손자들과 다르며, 1990년대까지만 해도 대부분 운전은 남자들이 했고 사교춤은 음성화되어 있다가 1990년 이후 댄스스포츠라는 명칭으로 바뀌며 아줌마들 사이에서 유행이 퍼졌지만, 동호회 위주로 즐기고 가족끼리 즐기는 문화는 아니라고 했다.

한국을 하나씩 알아 가는 즐거움이 있었다. 오로지 자신의 문제, 즉 '버림받음'에만 매몰되어 허우적거리며 옆에 있는 나뭇가지를 붙잡아 봤자 해결되지 않았다. 그녀는 자신의 상황을 객관화시키기로 했다.

프랑스인들은 한국에 대해 학교에서 자세히 배우지 않는다. 동양사를 배울 때 한국은 중국 옆에 있으며 일본의 식민 지배를 받은 정도로 배웠다. 그렇게 멀리 떨어진 한국이라는 나라가 프랑스와 인연이 되어 수많은 아기를 보냈다면 '슬픔'과 '경계'가 아닌 다른 통로로 이해하고 싶었다.

불쌍하게 버려진 아기가 아니라 역사적 시스템 안에서 도약해 보려고 애쓴 노력의 흔적이고 싶었다. 전쟁처럼 잘해 보려 했으나 희생자가 나오는 사건처럼, 슬픔이 쏟아지지만 때론 할 수밖에 없었던 전쟁처럼, 우리의 보내짐은 전쟁이었지만 그것은 도약을 위한 슬픔이었다고 말하고 싶다.

아기를 처음 키우는 초보 부모처럼 입양 시스템의 문제점을 프랑스는 지금은 상당히 보완하고 있다. 또한 피부색이 다른 아기를 입양하는 것이 얼마나 신중해야 하고 부모의 역할이 얼마나 막중한지에 대한 교육을 강화하고 있다. 부모 입장에서의 '입양'은 선의이지만 아이 입장에서의 '입양'은 굴욕일 수 있기 때문이다.

2023년 4월 대한민국 국회에서 입양인들의 사진과 그림 전시회가 열려 오호흐는 친구 박철희의 초대로 참석했다. 국회에 들어갈 때는 신분증을 맡기고 보안 검색대를 통과했다. 흰옷을 차려입은 아나운서와 통역가가 사회를 함께 보았고 국회의원들이 발표를 했다. 해외에서 다큐멘터리를 찍기 위해 왔다. 그 날 국회에 참석한 예술가는 30여 명이고 80여 점의 작품이 전시되었다. 작품의 주제는 '마더랜드(Motherland)'였다. 그림과 사진으로 입양인들의 마음을 표현한다는 것은 멋진 기획이었다. 한국인이지만 한국어를 못하는 입양인 입장에서 예술은 많은 감정을 드러낼 수 있었다. 어떠한 상처도 인정하고 드러내지 않고서는 치유되지 않는다는 사실을 알고 있다. 그러나 한국인이 표현한 한국과 입양인이 표현한 한국은 묘하게 달랐다. 대부분 아이들이 갖고 있는 철없는 어린 시절이 오호흐를 비롯한 입양인들에게는 없었다. 천진난만했지만 불안과 슬픔을 안고 있었다. 웅크린 아기 그림과 한국의 전통 물건들이 이국적으로 펼쳐져 있었다. 스웨덴, 노르웨이, 미국, 프랑스, 벨기에 등으로 보낸 아이들이 한날한시에 모인 것이다.

70년만의 일이었다.

오호흐는 다정이가 이야기를 들어주고 그림을 보아주고 관심을 가져주는 것으로 위안이 되었다. 이어 입양인들은 '굿(Gut perfomance)'을 보기 위해 이동했는데 그것은 난생 처음 겪는 진기한 충경이었다. 공연은 본다기보다는 경험에 가까웠다. 저 요란한 색은 조화롭지 않은데 어째서 조화로운가? 다정은 '색동'이라고 오호흐에게 귀띔을 했다. "색동은 무엇인가 (What's the Saekdong?)?" 만신(Manshin)이라고 불리우는 여인이 춤을 추었다. 꽹과리와 장구 등의 타악기가 울려퍼졌다. 우아하지 않은 요란함 속에서 관객들은 울고 있었다. 만신을 비롯한 공연자들은 입양인들에게 한복을 입히고 다 함께 춤을 추었다. 입양인의 슬픔을 위로하는 의식이라고 했다. 굿의 슬픔은 바흐의 G단조(Bach G minor) 곡과는 달랐다. 잔잔히 위로해주는 슬픔이 아니라 울부짖음에 가까웠다. 슬픔을 깨어 부수어 쓰러질 때까지 '넋'을 위로하는 의식이었다. 온몸으로 땀흘리며 보여주는 '의식'은 감동적이었다.

Ⅷ

미자(Mija) 이야기

길 잃은 미자, 가족을 찾아서

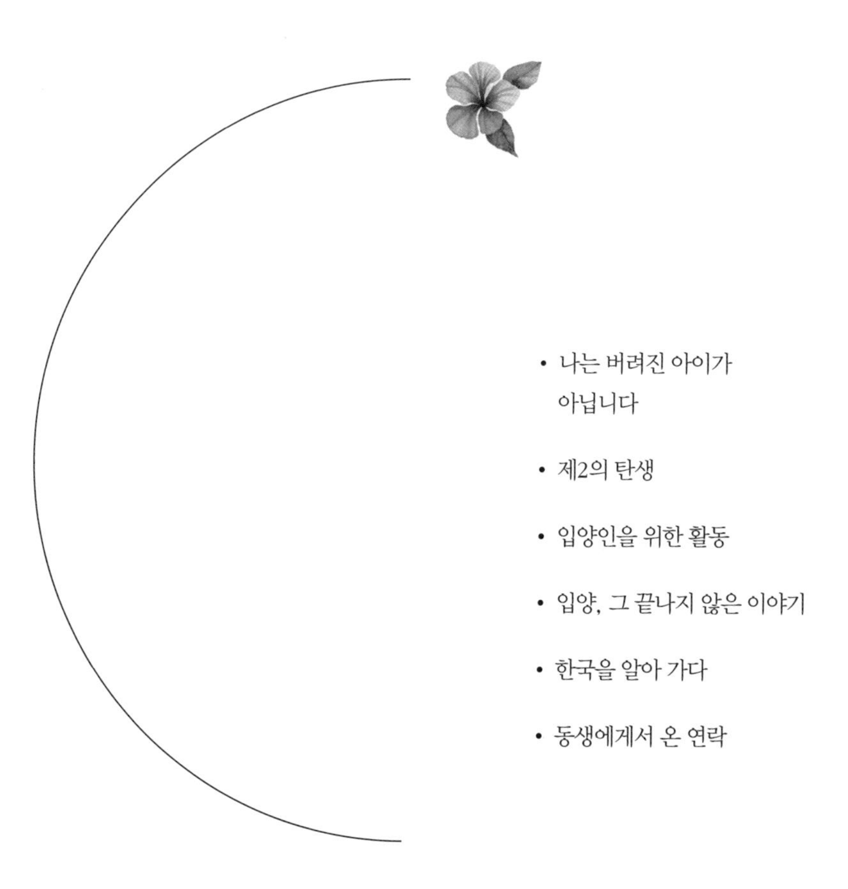

나는 버려진 아이가 아닙니다

그녀의 이름은 미자. 한국 이름 발음이 쉬워서 프랑스 부모님은 그녀의 이름을 그대로 사용하기로 했다. 미자의 한국 아빠는 장성한 아들 두 명을 데리고 재혼을 해서 미자와 동생을 낳았다. 하지만 미자 엄마와 다툼이 있은 후 엄마는 동생을 데리고 집을 나갔고, 아빠가 혼자 미자를 키웠다. 아빠는 한쪽 다리가 없어서 일을 하며 딸을 키우기가 힘들었다. 그래서 어쩔 수 없이 그녀를 시골 삼촌 집으로 보냈다. 미자는 그곳에서 행복하게 자랐다. 예쁜 원피스를 입고 잘 먹고 그네를 탔다.

그러던 어느 날, 미자는 아빠를 찾으러 집을 나갔고 길을 잃었다. 경찰이 그녀를 발견하고 파출소로 데려갔다.

"네 이름이 뭐니?"

"저는 김미자입니다. 나이는 11살. 양산초등학교 4학년 2반 8번. 3월 18일에 태어났어요. 아빠는 김동길."

그녀는 또박또박 대답했다.

"어디 사니?"

"저는… 저는…."

나는 아빠가 사는 주소를 몰랐다.

"이 아이를 사랑고아원에서 재우고 아빠 연락 오면 찾아가게 하자고."

경찰은 다른 경찰에게 말하더니, 그녀를 사랑고아원으로 보냈다. 며칠이 지났지만 아빠는 찾으러 오지 않았다. 경찰 아저씨가 잊어버린 것일까.

"아저씨, 저희 아빠는 언제 와요?"

미자는 고아원 원장에게 물었다.

"여기서는 내가 네 아버지란다."

"아저씨 말고 진짜 아빠요. 나 진짜 아빠 있어요. 우리 아빠 찾아줘요."

원장은 종이 서류가 산더미처럼 쌓인 방으로 귀찮다는 듯 들어갔다. 컴퓨터로 전산 처리가 되지 않으니 각종 종이 서류가 그득했던 것 같다. 고아원은 과자 한 봉지로 싸움이 일어나고 울고불고 소리 지르고 아비규환이었다. 아이들은 외부에서 손님이 올 때면 모두 새 옷으로 갈아입고 사탕을 하나씩 받았다. 그 사탕이 다 녹을 때까지 조용히 하라는 신호였다.

아빠가 고아원에 맡긴 것이 아니라 길을 잃은 것뿐이었던 미자는 아빠가 자신을 금세 찾아낼 것이라고 믿었다.

고아원에 8살짜리 여자아이를 입양하고 싶다는 프랑스 부부의 신청이 들어오자, 원장님은 서류에 다소 어려 보이는 사진을 붙이고 미자의 나이를 8살로 기록하고는 그녀를 먼 곳으로 보냈다. 비행기를 올라타기 전, 마지막까지 미자는 외쳤다.

"저는 김미자입니다. 나이는 11살. 양산초등학교 4학년 2반 8번. 3월 18일에 태어났어요. 아빠는 김동길. 누가 우리 아빠 좀 찾아 주세요."

그러나 아무도 그녀의 말을 듣지 않았다. 미자는 아빠를 찾고 싶었지만, 그녀의 인생은 그녀의 의지와 무관하게 흘러갔다. 공항에는 프랑스인들이 미자를 기다리고 있었다. 미자는 아기가 아니었다. 모르는 사람들을 엄마, 아빠라고 부를 수 없었다. 그리고 그녀에게 벌어지는 일련의 일들을 다 이해하지 못했다. 다만 아빠가 그녀를 찾기에 너무 먼 곳으로 왔다는 생각이 들었다.

"저는 김미자입니다. 나이는 11살. 양산초등학교 4학년 2반 8번. 3월 18일에 태어났어요. 아빠는 김동길."

이미 그곳엔 한국말을 이해하는 사람들이 없었다. 모르는 말들이 가득한 다른 세상이었다.

미자는 한국에서의 어린 시절이 구체적으로 기억나지 않는다. 때론 꿈인지 현실인지 모를 한국의 모습이 어렴풋이 머릿속에만 남아 그 기억들이 점점 옅어져 갔다. 기억의 단편들을 붙들려 애쓸수록 그 기억들은 점점 잘게 쪼개졌다. 벽에 걸려 있는 아빠 옷, 작은 밥상, 여닫이 문, 시멘트 바닥으로 된 골목, 담벼락 위 유리조각 이런 것들이 사실인지 아닌지, 기억은 치즈 냄새와 프랑스 향수 냄새와 뒤섞여 자꾸 사라져 가고 있었다.

고아원에서 자란 아이들은 "좋아하는 음식이 뭐야?"라는 질문에 난감하다. 주는 대로 먹기 때문에 음식에 취향이 있다는 것을 배운 적이 없다. 프랑스로 온 미자는 처음으로 그녀가 어떤 음식을 좋아하고 어떤 음식은 먹기 힘들다는 기분을 느꼈다. 그녀는 프랑스인들이 먹는 방식을 흉내 내며 조심스럽게 빵을 손으로 뜯어 먹고 포크로 파스타를 먹었다. 칼질도 곧잘 했다. 양부모는 미자가 매우 영리하다며 좋아했다.

미자는 밥 먹기 전에 또 같은 말을 했다.

"저는 김미자입니다. 나이는 11살. 양산초등학교 4학년 2번 8번. 3월 18일에 태어났어요. 아빠는 김동길."

프랑스 부모님은 미자가 한국말을 할 수 있는 나이인 것을 감안해 한국인 학생을 가정교사로 고용해서 그녀가 모국어를 잊지 않게 도와주었다. 미자는 이것이 얼마나 큰 행운인지 당시엔 알지 못했다. 그러나 미자는 그들이 한국 아빠를 찾아 주지 않을 것임을 깨닫게 된 후부터는 한국말도, 프랑스말도 그 어떤 말도 하지 않고 입을 다물어 버렸다.

미자는 엄마와의 애착 관계가 잘 형성되지 않았을뿐더러 한국 아빠와 얼마간 함께 살다가 친척집으로, 고아원으로 그리고 프랑스로 옮겨지며 지쳤다. 11살의 나이에 인생이 지친 것이다. 땅을 걷는 느낌이 아니라 풍선 위를 걷고 있는 느낌이었다. 5분 정도는 재미있지만 내려오고 싶은데 발을 디딜 곳이 없었다.

밥을 챙겨 주는 어른들은 있었지만 지속적 소통을 하는 어른은 없었다. 고아원에서는 그녀의 서류를 떼어 보면 그녀의 아빠가 어디 살고 있는지 알 수 있었을 텐데, 왜 그녀를 알 수 없는 곳으로 보냈을까. 학교에만 연락을 해 봐도 그녀의 친척집을 찾을 수 있었을 텐데 왜 그녀는 그렇게 황당하게 고아원으로 납치되었을까.

여러 가지 생각으로 미자는 입을 다물었지만, 양부모님은 다그치지 않고 기다려 주었다. 그리고 프랑스어로 자꾸 미자에게 이야기를 했는데, 미자는 그렇게 그 이야기들을 듣다 보니 어느새 프랑스어가 이해되기 시작했다.

프랑스 부모님이 미자를 치과에 데려갔을 때 그녀 나이가 8살이 아닐 것이라는 말을 치과의사로부터 들었다. 치아의 상태가 적어도 11살 이상이라는 것이다. 새로운 나라에 적응하기도 전에 미자는 사춘기를 맞이하게 될 것이다.

그녀는 4개월 이상 말을 하지 않았다. 프랑스 엄마는 미자를 할머니, 이모, 삼촌, 사촌 등 많은 가족들에게 소개해 주었고 그들은 미자에게 친절했지만 그녀는 반응하지 않았다. 한국 엄마가 동생을 데리고 나가는 뒷모습, 아빠의 반쪽짜리 다리, 한국에서 다녔던 학교에 대한 기억의 파편들이 그녀를 고통스럽게 했다. 지금 그녀 앞에 펼쳐진 풍경은 꿈인지 현실인지 호흡이 곤란할 정도로 두려웠다.

'눈을 떠 보니 모두 낯선 얼굴과 낯선 말로 가득한 이곳으로 나는

왜 보내진 것일까.'

"저는 김미자입니다. 나이는 11살. 양산초등학교 4학년 2번 8번. 3월 18일에 태어났어요. 아빠는 김동길."

'아빠는 지금 뭐 하고 계실까.'

제2의 탄생

미자의 양부모는 입양한 딸이 한국인을 지속적으로 만나도록 도왔으며, 미자는 자라면서 한국과 프랑스의 문화를 빨리 습득했다. 그리고 미자는 어쩌면 입양은 자신에게 제2의 기회를 준 복권 당첨과 같은 행운이라고 생각했다.

한국 부모에 대한 그리움과 내면의 갈등이 없는 것은 아니었지만, 그녀는 자신이 한국에 머물렀다면 대학을 가지 못했을 것이고 무엇보다 가난한 한국 여성의 삶이 어떠한지 한국 유학생 수진으로부터 들었다. 수진의 엄마는 명절과 제사 때마다 힘에 부칠 수준의 노동을 하며 집안일도 해야 하고 남자들은 부엌일을 거의 하지 않는다고 했다. 수진으로부터 듣는 한국 문화 이야기는 흥미로웠고, 미자의 내면을 조밀하게 성숙시켰다.

미자의 프랑스 엄마는 책임감이 강한 사람이었다. 미자가 아기 때 입양된 것이 아니라 사춘기를 앞두고 입양되었기 때문에 엄마와 딸 사이에는 아기 시절의 추억이 없어 약간의 간극이 있었다. 그러나 현명한 엄마는 이렇게 말했다.

"미자, 나는 친엄마가 되려 하지 않고 너도 친딸처럼 할 필요 없어. 너는 네 이름 그대로 나에게 온 딸이고 한국에서 온 딸이야. 나는 입양이 사랑만으로 되지 않는다는 것을 알게 되었단다. 입양은 사랑과 인내심이 동반되어야 하는 양육이라고 생각해. 우리 사이에 하늘에서 주어진 사랑이 없다면, 가족이라는 의리로 살아 보자."

엄마의 논리적인 교육과 인내심 덕분에 미자는 운이 없는 아이가 아니라 뭔가 특별한 아이라는 생각을 했다. 또한 그녀가 한국말을 잊지 않았다는 것은 그녀에게 커다란 자부심으로 다가왔다.

미자는 파리에서 자랐기 때문에 외국인을 신기하게 바라보는 시선으로부터 비교적 자유로웠다. 동양인이 적은 지방이나 인구가 적은 지역일수록 유색인종에 대한 호기심이나 편견이 심했다. 파리는 중국인과 일본인이 어느 정도 있어서 미자는 그들 속에 자연스럽게 섞여 지낼 수 있었다.

또한 한국말을 할 수 있었기 때문에 그녀가 교포인 줄 아는 사람도 있었고, 또는 한국말이 중국어인 줄 아는 친구도 있었다. 경우에 따라 미자는 입양된 사실을 적절히 감출 수 있게 되었다. 양부모님이 미자의 정체성을 망가뜨리지 않은 덕분에 그녀에게는 리더 역할을 할 수 있는 성격이 형성되었다.

부모님은 한국이 가난하고 못난 나라이며 그녀가 버려진 아이라는 말 대신 '먼 나라에서 온 귀한 선물'이라는 표현을 했다. 그녀가 프랑스에 온 것은 어떤 뜻이 있기 때문이라고 했다. 그리고 양부모님은 한국 아빠를 찾는 데도 도움을 주고 싶어 했지만, 이미 미자의 입양 서류가 조작된 후라 그녀는 아빠를 찾을 수 없었다.

청소년기의 미자는 입양보다도 돈을 벌기 위해 서류를 조작해 보내졌다는 것에 분노했다. 아동의 권리는 박탈하고 겉으로는 민주주의인 척하는 한국이 꼴 보기 싫었다. 삼성이나 현대라는 대기업 제품이 프랑스로 들어와도 거들떠보지도 않았다. 미자는 사춘기 때 한국을 더욱 증오했다. 한국이 수출대국으로 떠올라도 그녀는 빈정거렸다. 그들이 자신을 팔았기 때문이라고 했다.

중년이 된 지금의 미자는 한국을 좋아하지만, 그래도 '무시당한 그녀의 외침'에 대한 응어리가 전혀 없다고는 할 수 없다.

"저는 김미자입니다. 나이는 11살. 양산초등학교 4학년 2번 8번. 3월 18일에 태어났어요. 아빠는 김동길."

입양인을 위한 활동

미자는 입양인들이 각기 다른 사연과 문제가 있다는 것을 알고 이들을 도움으로써 그녀 자신을 돕고자 했다. 그녀는 타인을 돕는다는 것이 때로 자신의 정체성을 찾는 데 도움이 된다는 사실을 알고 있다. 그녀는 말한다.

"내가 선량해서 돕는 것이 아니라, 나는 내 열망과 분노와 복합적인 감정을 해결하는 열쇠를 찾는 과정으로 일을 해 나아간다."

그녀는 먼저 많은 사연과 경우를 알아야 했기에 소개를 통해 하나둘씩 관심 있는 친구들을 가입시켰다. 창립일은 1995년 한국의 음력 설날로 정했다. 남자 친구 기욤(Guillaume)도 함께 도왔다. 입양인들은 정기적으로 모여 한국 여행이나 한국 입양기관의 정보, 한국문화에 대해 아는 것을 교환했다.

그들은 한국의 나이가 프랑스의 나이 체계와 다르다는 것에도 많이 놀랐다. 이것은 또한 입양 서류와 관련해 많은 착오를 일으켰다. 출생년도가 불명확한 아이들도 있었다. 문화를 알려면 먼저 한국어를 배우는 일도 필요했다. 그러나 프랑스에는 한국어를 배울 수 있는 교재가 마땅히 없었다.

프랑스와 한국 사이의 건강한 연결고리가 있으면 그들이 살아갈 이유가 분명해질 것이라 생각했다. 그러자면 그들의 의지를 보여 주어야 했다. 그들은 더 이상 상처받는 한국계 프랑스인으로 남고 싶지 않았다. 또한 입양 부모의 자격이 없는 부모를 더욱 엄격히 심사해야 한다는 의견도 냈다.

2차 세계대전 이후 유럽에서는 인도주의(Humanitarianism)의 열풍이 불었다. 서구 국가에서는 고아를 입양하여 돌보는 것이 상류사회의 자선사업과도 같았다. 그러나 자선사업과 아이를 양육하는 것 사이의 간극은 미처 알아차리기 전이었다. 따라서 2013년 프랑스 정부는 입양의 문제점을 인식하고 이를 개선하였다.

입양을 원하는 부모는 아동 복지국(Direction Générale de la Cohésion Sociale 또는 약자로 'DGCS')에 신청하고, 심사 과정을 거쳐 입양 대상이 되는 아이들과의 만남이 가능하다. 만약 입양이 결정되면, 입양 부모는 해당 아이를 먼저 일정 기간 동안 데려가서 적응 기간을 보내야 한다. 이 기간 동안 입양 부모는 아이의 건강 상태와 적응 여부 등을 지속적으로 아동 복지국에 보고해야 한다.

한국의 '출생신고제'는 프랑스와 큰 차이점이 있었다. 프랑스는 어떤 아이가 태어나든, 부모나 병원 등에서 아이의 출생신고를 할 수 있다. 출생신고를 함으로써 의료, 교육, 양육수당 등을 받을 수 있다. 그러나 한국에서는 친모가 출생신고를 할 수 있고, 친부는 친모

없이 출생신고를 하기 어려운 구조였다. 부부간 신뢰에 문제가 생겼을 경우 친모가 동의하지 않으면 친부는 출생신고를 할 수 없었다.

이에 따라 한국 국적 없이 미국으로 입양된 후 미국에서도 버려져 국적이 없는 입양인이 2만~4만 명으로 추산된다고 한다. 2000년 클린턴 정부 때 입양법을 개정해 부모 중 한 명만 미국 시민이면 해외 입양아에게도 시민권을 자동 부여하는 '소아시민권법'이 마련됐으나, 적용 기준을 만 18세 미만으로 제한해 구제받지 못한 성인 입양인이 많았다.

실제로 1984년 미국으로 입양된 필립 클레이(Phillip Clay)는 무국적자로 한국에서 2012년 자살로 생을 마감했다. 우리는 그것이 사회적 타살이라 생각한다. 우주도 가는 시대에 한 인간에게 국적을 주지 않고 머물게 한다는 것은 명백하고도 심각한 폭력이다.

파리에는 매달 마지막 주 일요일 점심, 한국계 입양인들의 모임이 있다. 이곳에서 그들은 이야기를 나누며 함께 고통을 나눈다. 사연은 저마다 다르다. 한국에 아예 관심 없는 사람들도 많고 한국어를 배우는 사람도 있다. 특이한 점은 입양인이 한국어를 배울 때, 일반 프랑스인이 한국어를 배우는 것보다 더 어려움을 겪는다는 것이다.

"루이, 넌 프랑스에 몇 살에 입양되었어?"

"8살쯤. 사실 우리 부모님은 딸 한 명을 입양하려고 했었어. 그래서 누나가 먼저 입양되었지. 고아원에서 누나를 보내고 나서 부모님께 동생이 있다고 알린 거야. 처음부터 형제가 있다는 것을 알리면 프랑스 부부는 다른 아이를 선택할 테니까. 고아원에서는 형제자매가 있는 아이들을 입양보내기가 더 어려워서 그렇게 거짓말로 한 명씩 딸려 보내는 방법을 썼지. 그래서 부모님은 6개월 후 나를 입양했고, 또 내 여동생이 있다는 것을 알게 되어 4개월 후 동생을 입양했어. 결국 우리 삼 남매는 다시 한 가정에서 만났지만 부모님은 세 명을 입양해야 했지."

"그럼 서로 한국말을 하니까 한국말을 잊지 않을 수도 있었던 거 아냐?"

"부모님은 엄격히 한국말을 금지시키고 프랑스어를 가르쳤어. 나는 누나나 동생보다 언어를 배우는 것이 더 힘들었어. 테이블이며 의자며 전부 여성 남성 관사가 붙잖아. 내가 명사의 성을 실수할 때마다 엄마가 고쳐 주는 거야. 그래서 나는 모든 명사에 남성 관사를 붙여 버렸어. 이건 남성, 저건 여성. 도저히 외울 수가 없었지. 결국 발음교정사를 붙여 자음, 모음부터 다시 배웠어. 프랑스어를 배우는 데 4년이 넘게 걸렸다고."

"지금 한국어는?"

"한마디도 몰라. 단 한마디도. 아, 딱 한마디 안다."

"뭔데?"

"엄마."

"엄마…."

"응, 난 엄마랑 같이 살았어. 한국에서 함께 지냈어."

"그런데 어떻게 고아원으로 보내졌니?"

"아빠가 폭력을 휘둘렀고, 엄마는 살기 위해 우리 삼 남매를 데리고 도망쳤어. 그리고 우리를 고아원으로 맡겼고, 다시 만날 수 없게 되었지."

"서류를 보면 엄마를 다시 찾을 수 있지 않을까?"

"한 번 본 적이 있어. 우리 이름에 전부 '영' 자가 들어가더라고. 영훈, 영민, 영 어쩌고…. '영'이란 발음은 참 어려워. 한국에 의뢰를 하긴 했는데 기록들이 정확하지 않은지 못 찾았어."

"한국이 이렇게 잘살게 된 거 우리 팔아서 그런 거 아냐?"

윌리엄이 톡 쏘아붙였다.

"요즘 입양하려는 사람들은 우크라이나에 관심이 쏠리고 있지. 전쟁 후 많은 고아들이 쏟아져 나올 테니…."

마리옹이 슬며시 화제를 돌렸다.

"한국 아이는 이제 입양을 안 한 대."

미자가 윌리엄의 말을 받아 준다.

"한국은 여전히 해외에 고아들을 보내고 있나?"

"주로 미혼모들의 아이들일 거야."

"엘리노도 6살 때인가 입양이 되어 처음에 말을 안 했잖아. 그래서 걔네 부모가 자폐아인 줄 알고 한국으로 다시 돌려보냈지. 그래서 한국 가정에 입양되었는데, 이번엔 또 한국말을 못하니까 파양되고 결국 다시 프랑스 가정으로 입양이 되었는데, 다행히 걔네 부모가 의료인들이라 이런저런 검사를 해 보니까 결국 자폐가 아니라는 것이 밝혀졌어. 그냥 어린아이의 트라우마로 일시적으로 말을 안 한 것뿐이었던 거야."

"엘리노는 지금 어떻게 지내?"

"열심히 말을 하면서 지내. (웃음) 하지만 여러 차례의 버림받음은 큰 상처를 남기고 말았지. 가족의 의미에 대한 혼돈 말이야."

"나는 좋은 부모님을 만나 정서적으로 안정을 찾게 되었어."

백발의 로즈가 말을 꺼냈다. 그녀는 검은 롱부츠에 청재킷을 입고 숱 많은 백발을 하나로 묶고 있었다.

"입양아들 중에 잘된 경우는 프랑스에서 부모를 잘 만난 경우지."

"반대로 어느 정도 엄마 기억이 있는데 프랑스에서 부모를 잘 못 만나면 거의 자살까지 시도하지 않아?"

"그래, 한국이 후진국도 아닌데 이제 자국에서 아이들을 키울 수 있지 않나?"

"왜 시스템이 제대로 안 만들어지는 거야?"

"한국 사람은 빠르고 머리도 좋다는데 입양 문제에 관해선 관심이 없는 건가?"

"다큐멘터리 보니까 교육열은 엄청나던데. 아이들이 학원을 몇 개씩 다니고."

"내적 성장이 부족한가 봐. 입양을 보내는 나라가 선진국이라고 할 수는 없지."

"내 사촌은 자매 중 한 명이 미국으로 입양되었는데 인터넷으로 만났잖아."

"와우~ 정말 운이 좋네."

"우리가 이제 성인이 되고 모임도 만들어졌으니, 입양되어 고통받는 청소년들이 어떻게 그 시기를 잘 보낼지 이야기를 들어 주고, 학대받는 어린아이들이 있다면 정부에 알리는 일을 할 수 있지 않을까?"

"한국 정부도 프랑스 정부도 눈감아 버린다면 우리가 힘을 합쳐야 해."

"이야기를 들어 준들 그들이 집을 나와 갈 곳까지 대책이 있어야 하지 않겠어?"

"한국 정부에 끊임없이 고충과 대책 마련을 이야기하고 여론을 모아야지."

"어린아이를 파는 짓은 그만하라고 말이야."

"입양과 매매는 엄연히 달라. 매매는 소유권이 이전되지만 입양은 어디까지나 산 사람이 마음대로 할 수 있는 물건이 아니야."

"사람에 대한 관리는 끝까지 해야 돼."

"맞아. 형편없는 인간들이 입양을 하지 못하도록 말이야."

"입양할 자격이 없는 사람들이 입양을 하고 아이를 학대하는 건 다 고발해야 돼."

"그렇다고 모든 입양 부모들이 매도되지 않도록 해야 해."

"맞아, 우리 부모는 좋은 분들이셨어."

"그래, 마리옹도 좋은 부모를 만나 의사가 되었고 그 부모들이 한국 여행도 같이했어."

"장 뱅쌍(Jean-Vincent)은 장관까지 되었잖아."

"그런데 추문으로 우리를 부끄럽게 했지 뭐야."

"플뢰르(Fleur)도 장관이 되었잖아."

"그는 정말 자랑스러워. 한국과의 제대로 된 가교를 하고 있지."

"그래, 정말 성공한 애들도 있어. 하지만 생각보다 많은 아이들이 받는 고통을 외면해서도 절대 안 되지."

"우리가 이렇게 만나는 것도 위로가 되지 않아?"

"맞아, 미자의 아이디어로 사람들이 모이고 마음을 나누게 되었지."

"오늘 맥주는 내가 쏜다."

여장부다운 미자가 분위기를 이끌었다. 그들의 대화는 해가 어둑해지도록 계속 이어졌다.

입양, 그 끝나지 않은 이야기

미자는 해외 입양인들에게 한국어를 가르치는 일을 하고 있다. 그녀는 누구보다 외국어로서의 한국어를 어떻게 가르쳐야 하는지 잘 알고 있었다. 그녀가 만든 사이트의 회원은 400여 명이나 된다. 처음엔 입양인들만 있었지만, 점차 한국 문화에 관심 있는 프랑스인, 벨기에인도 오기 시작했다.

그들은 한국 음식과 언어를 통해 조금씩 한국 문화를 접하며 뿌리를 찾기로 했다. 튼튼한 나무는 뿌리로부터 자라나지만 거꾸로 된 나무라 해도 서로 붙들어 주면 서 있을 수 있을 거라고 생각했다. 그들은 몇 가지 해외 입양에 대한 개선 사항을 의논했다. 그리고 그들의 의견을 취합하여 입양기관과 한국 대사관을 통해 실정을 알리고자 했다.

그들이 원하는 몇 가지 사항을 정리해 보면 다음과 같다.

첫째, 국내 입양 환경의 개선. 해외 입양을 하게 되는 이유 중 하나는 국내에서 입양이 어렵기 때문이다. 이에 따라 국내 입양의 환경을 개선하여 국내 입양이 우선적으로 이루어질 수 있도록 하는 것이 중요하다.

둘째, 입양 전문기관의 역할 강화. 입양 전문기관이 입양 대상자를 선정하고, 입양 절차를 수행하는 데 있어서 적극적이고 전문적인 역할을 수행해야 한다. 입양 전문기관의 역할을 강화하여 입양 절차를 투명하게 하고, 부정적인 사례를 사전에 예방할 수 있도록 하는 것이 필요하다.

셋째, 입양 대상자의 권리 보호 강화. 입양 대상자는 어린아이이기 때문에, 입양 과정에서 어려움을 겪을 수 있다. 이에 따라 입양 대상자의 권리를 보호하고, 입양 후 생활에서 안정적인 지원이 이루어질 수 있도록 하는 것이 중요하다.

넷째, 국제적인 협력 강화. 해외 입양은 국제적인 문제이다. 따라서 국제적인 협력을 통해 입양 과정에서 발생할 수 있는 문제들을 사전에 예방하고, 문제가 발생할 경우 적절하게 대처할 수 있도록 하는 것이 중요하다.

다섯째, 입양 후 보호 체제 강화. 입양 후에도 입양 대상자가 안정적인 생활을 할 수 있도록 보호 체제를 강화하여, 입양 대상자의 안전과 행복을 보장해야 한다. 이를 위해 입양 후 지원 프로그램을 강화하고, 입양 후에도 입양 대상자와 가족들과의 연락을 유지할 수 있는 방법을 마련해야 한다.

해외 입양 또는 국내 입양이 감춤이나 슬픔으로 점철되는 것이 아니라 투명하고 긍정적으로 받아들여지길 원한다. 동양사회의 인식

개선도 필요하다. 그러려면 자꾸 목소리를 내야 하고 빛과 그림자 모두를 드러내야 한다. 이를 위해 해외 입양인의 용기 또한 필요했다. 자신의 치부나 아픔을 공개한다는 것은 응원을 받을 수도 있지만 놀림을 받을 수도 있다는 뜻이기 때문이다.

우리는 1948년에서야 세계인권선언이라는 것이 채택되었고 1989년 국제아동권리협약이 이루어졌다는 것을 알고 있다. 인권이라든가 아동인권은 유럽에서도 역사적으로 길지 않다. 1924년 제네바아동복지협약이 발표되면서 아동의 인권에 대한 전면적인 보호가 알려졌지만, 한국은 그 시기에 일제식민하에 있었다. 한국은 2000년에 유아교육법이 제정되어 5세 미만의 아동을 대상으로 하는 국가 유아교육의 법적 기반을 마련하였고, 2002년에는 아동학대방지 및 보호에 관한 법률이 제정되어 아동학대에 대한 처벌을 강화하였다.

아동학대는 사회적으로도 큰 손실이다. 학대받은 아동은 건강한 어른으로 성장할 수 없기 때문이다. 이제 아이는 개인의 소유물이 아니라 한 국가가, 또는 전 세계가 함께 돌봐야 하는 소중한 생명이다.

국제아동긴급구호기구(UNICEF)는 1946년 유엔 총회에서 결성하여 아동들의 권리 보호와 교육, 예방 접종, 식수 및 위생, 긴급구호 등의 프로그램을 운영하며, 전 세계의 아동들이 안전하게 자라고 건강하게 살아갈 수 있도록 지원하고 있다. COVID-19 팬데믹으로 우리는 세계가 하나의 질병으로 묶여 있음을 잘 알게 되었다.

우리는 어디에 사느냐도 중요하지만 누구와 사느냐도 매우 중요하다는 것을 안다. 따라서 어린이의 경제적 거주 환경도 중요하지만 어린이를 돌보는 사람의 정서도 상당히 중요하다. 친모가 아이를 포기하는 이유가 경제적인 이유라면 국가가 도와주는 것이 마땅하다. 친모가 정신병원 또는 감옥 등으로 가서 영구적으로 아이를 돌볼 수 없을 경우에는 대리인 또는 양부모가 키울 수 있다. 아직까지 경제적인 이유로 아이를 포기하는 것이 많다는 사실은 너무나 불공평하고 가슴 아픈 일이다.

한국을 알아 가다

미자는 프랑스에 있을 때 프랑스가 보이지 않았다. 한국 여행을 하고 한국 사람을 만나며 조금씩 프랑스가 다른 각도로도 보이기 시작했다. 프랑스 사람들이 말다툼을 잘하고 젠체하며 감정 표현이 즉각적인 것도 알게 되었고, 한국 사람들이 참을성이 많고 웃기 좋아하며 상하 관계가 있다는 것도 알게 되었다. 물론 다 그런 것은 아니고 몇몇 사람을 만났을 때의 그녀의 주관적인 느낌이다.

직장에서도 한국 사무실에서는 사장이 들어오면 직원들이 일어나서 고개 숙여 인사를 했다. 프랑스는 자리에 앉은 채로 사장과도 친구처럼 인사를 하는 정도이다. 엘리베이터를 탔을 때도 한국인들은 서로 쳐다보지 않지만, 프랑스에서는 인사를 한다. 미자는 그렇게 드러나는 모습을 스케치하며 조금씩 한국을 이해해 보고자 했다.

한국 사람들은 미국인들처럼 차가운 커피를 큰 컵에 마셨다. 미자는 한국에 2005년과 2023년 두 번 왔는데 한국은 많이 달라져 있었다. 2005년의 서울은 뉴욕과 베트남이 섞여 있는 모습이었다. 시내

중심을 벗어나면 전깃줄이 많은 것도 특이했다. 신발을 벗고 바닥에 앉아서 먹는 식당도 많았다.

여자들은 대체로 화장을 했고, 남자들은 등산복을 입고 다니는 모습이 자주 눈에 띄었다. 길거리에 여자 옷가게는 많았지만 남성복 가게는 보이지 않았고, 청소년들 옷가게도 잘 보이지 않았다. 길거리 음식을 파는 곳도 꽤 많았다. 국물이 있는 요리도 길거리에서 먹을 수 있었고, 걸어 다니면서 먹는 사람도 많았다. 커피를 들고 다니는 사람들도 많았다. 자가용들도 대체로 큰 편이었다. 카페에는 젊은이들이 가득했고 노인들은 보이지 않았다.

상점들은 밤늦게까지 문을 열었고, 저녁이 되자 식당 앞에는 호객 행위를 하는 사람들이 있었다. 종로에는 전단지를 나누어 주는 사람도 많았고 그 전단지는 길거리에 다시 버려졌다. 그런데 전단지를 몸을 약간 치듯이 무조건 받으라는 식으로 나누어 주는 것에 처음엔 놀랐다. 한국 친구들을 만나면 그들이 밥값을 내려고 했다. 미자는 이렇게 퍼즐을 맞추어 나갔다.

미자는 그녀의 인생에 부끄러움을 느끼고 싶지 않았다. 비난받을 만한 행동을 하지 않았음에도 부끄러움은 개암나무의 뿌리에 기생하는 수염며느리밥풀처럼 그녀의 자신감 옆에 붙어 다녔다. 부끄러움에는 여러 원인이 있지만, 그중 그녀의 부끄러움의 이유 중에는 한국도 있었기에 그녀는 그것을 직면하고 극복하고자 했다.

2021년 기준으로 한국의 자국 입양 수수료는 270만 원, 해외 입양은 4,000만~6,000만 원이다. 이것을 양국 기관이 나눠 가진다.

입양 절차가 국가가 아닌 민간 기업에서 이루어지다 보니 선한 의도라 하더라도 이익을 무시하지 못했을 거란 생각이 든다.

입양을 하는 이유는 다양하다. 어떤 사람은 가족을 만들고 싶은데 아이를 못 낳아서, 또는 선의나 동정으로, 사회적 우월감을 내세우기 위해 입양을 하기도 했다. 그러나 경험을 통해 입양은 결코 자선이 되어서는 안 된다는 것을 인식하게 되었다. 입양은 가장 근원적 관계인 부모와 자식이 되는 과정이기 때문이다.

미자는 입양 친구들이 찾은 친부모들을 통해 그들이 많은 돈을 내는 양부모는 마음씨가 좋을 것이라는 믿음을 가졌다는 말에 놀랐다. 그리고 실패는 팔자라고 질끈 눈을 감으며 가슴 아파했다는 이야기도 들었다. 때로 그들은 기관에서 하는 일에 대해 크게 대항하지 못하고 자책했다.

입양 부모는 아이를 파양할 수 있었지만 자식을 포기한 친부모는 입양을 취소할 수 없었다. 그들은 이미 자신의 삶이 실패했다고 생각하고, 능동적이고 주체적인 사고를 멈춘 사람들인 듯 보였다. 한국인들은 일을 할 때는 열심히 하지만, 가족 관계에서는 수동적인 태도를 취했다. 부끄러움을 직면하는 것은 배움과 의지로 가능했다.

어릴 때 지나가는 어른이 갑자기 "네 부모는 무책임해."라고 빈정거리고 떠났다. 미자는 얼굴이 빨개졌지만 대꾸하지 못했다. 집에 와서 프랑스 엄마에게 안겨 울었던 기억이 있다. 엄마가 왜 우냐고 했을 때 미자는 그녀가 당한 일을 설명했다. 그러자 엄마는,

"네 친부모가 무책임한지 어떤지 난 잘 몰라. 하지만 너에게 그런

말을 하는 그 어른의 태도는 무시해도 될 만큼 나쁜 행동이구나. 주변의 불쾌한 감정에 어떻게 대응하냐는 너의 의지로 이겨 낼 수 있단다."

엄마는 미자의 자존감을 잃지 않게 하려고 늘 객관적이고 냉철하게 이야기해 주었다. 미자는 엄마에게서 혈연과는 다른 지지자로서의 가족애를 느꼈다.

한국 여행 중 인사동거리에서 눈과 귀와 입을 막은 모양의 원숭이 조각상을 샀다. 다정이에게 물어보니 '삼불원(三不願, See No Evil, Hear No Evil, Speak No Evil)'이라는 뜻을 갖고 있다고 했다. 다정이는 덧붙여 한국에는 며느리가 시집을 가면 3년간은 보지 말고, 다음 3년간은 듣지 말고, 다음 3년간은 말하지 말라는 이야기도 있다고 했다.

그만 미자는 흥분하여 소리치고 말았다.

"Pourquoi? Les beaux-parents coréens sont-ils le diable(왜? 한국 시부모가 악마야)?"

다정이는 손을 내저으며 얼른,

"아냐, 아냐. 처음 가족이 된 사람들의 흠이 보이더라도 감싸 주라는 뜻이야."

"그런데 왜 며느리만 그렇게 해야 돼?"

"그건 듣고 보니 또 그렇네. 서로 감싸 주어야지."

"나는 감싸 준다는 말이 이해가 안 돼. 받아들인다는 뜻이야?"

"포용한다는 거지."

"뤽의 엄마는 뤽을 입양 보내고 재혼했어. 왜 아이를 데리고 재혼할 수 없었다고 생각해?"

미자가 물었다.

"뤽 생모가 경제력이 없었겠지."

"그렇다면 결혼할 남자가 사랑해서 결혼하면 그 여자의 아이들도 가족으로 맞이해 줘야 하는 거 아냐?"

"그게 쉽지 않았어, 그 당시에는. 남자가 받아들인다 해도 시부모가 받아들이지 못하지. 더욱이 호주제 폐지 전이라 서류상으로도 아이들은 친부의 자녀로 되어 있고. 뤽의 친모는 자녀의 입양 사실을 숨기고 결혼했다고 들었어."

"그들이야말로 보지 않고 듣지 않고 말하지 않으려 드는구나. 불편한 건 말하려 들지 않아."

"좋은 대답을 해 주지 못해 미안해."

"한국은 자녀를 포기할 때의 혜택이 크고, 프랑스는 자녀를 입양할 때의 혜택이 큰 것 같아. 결국 인간성을 논하기 이전에 국민성이 형성되는 국가 제도가 최선을 다했는지 따져 봐야 하는 것이 사실이지. 내가 무례하게 말했다면 미안해."

동생에게서 온 연락

"저는 김미자입니다. 나이는 11살. 양산초등학교 4학년 2번 8번. 3월 18일에 태어났어요. 아빠는 김동길."

미자가 SNS에 올린 어느 날, 한국에서 연락이 왔다. 2019년이었다. 김종수라고 했다. 시차 때문에 미자는 오후 10시, 김종수는 아침 7시에 채팅을 할 수 있었다. 그는 미자에게 누나라고 했다.

"엄마는 잘 지냅니까?"

미자는 잊지 않은 한국말로 글을 보냈다.

"네, 엄마는 잘 지내세요. 만두가게를 하다가 지금은 그만두고 내가 물려받아 운영합니다."

종수가 답했다.

"가게는 어디에 있습니까?"

"인천에 있어요."

"아빠는 잘 지냅니까?"

"돌아가셨어요."

“그는 언제 죽었습니까?”

“2018년이요.”

“무엇 때문에?”

“술을 많이 드셨다고 들었어요. 저도 만나지 못하다가 부고 소식만 받았으니까요.”

“부고?”

미자는 한국말을 하지만 조금 어려운 단어를 잘 알지 못했다. 번역기에 입력해 보니 그것이 친부의 사망 소식임을 알 수 있었다. 묵직한 돌덩이가 가슴에 내려앉는 듯했다.

미자는 ‘엄마는 나를 만나고 싶어 합니까.’라고 쓰고는 지웠다. 자식이 부모에게 ‘나를 만나고 싶어 하냐’고 묻는 것이 어색했다. 엄마 이야기를 묻고 싶은데 어떻게 물어야 할지 망설이는데, 다시 동생에게서 메시지가 왔다.

“엄마가 누나 이야기를 많이 했습니다.”

망설임 없는 눈물이 주르륵 흘렀다. 듣고 싶었던 말이었다. 30년이 지나고서야 들었다. 미자는 ‘나는 그녀가 그립습니다.’라고 썼다가 지우고,

“나는 그녀에 대한 기억이 없습니다.”

라고 보냈다.

“엄마는 해마다 3월 18일에 원피스를 샀어요. 김미자 박스가 있습니다.”

“왜 나를 찾지 않았나요?”

"엄마가 아빠 집에 누나를 보러 갔을 때 누나는 친척집으로 가고 없었어요. 엄마가 친척집 먼발치에서 누나를 한 번 보았다고 했어요. 돈 벌어 데려오려고 했는데 그땐 누나가 없었어요."

"먼발치?"

이번엔 동생이 내 어휘 수준을 짐작하고 설명해 주었다.

"조금 떨어져서요."

"왜 조금 떨어져서?"

"아버지 쪽 친척이니까 엄마를 안 좋게 생각했어요."

"당신은 엄마와 계속 살았어요?"

"세 달 정도 고아원에 있었고 외할머니 집에도 잠시 있었어요. 미장원 하는 이모 집에도 있었고. 1년 정도 떠돌다가 엄마와 함께 살았어요."

"엄마는 어떤 사람입니까?"

"그녀는 열심히 일했고 밤에는 늘 입을 틀어막고 울었어요. 그녀는 나보다 누나를 더 사랑했습니다."

"나의 생물학적 엄마를 만나러 한국에 가겠습니다."

그러나 코로나로 인해 한국행 방문이 늦어졌다. 그리고 2023년 3월, 한국에 도착했다. 동생이 인천공항으로 마중을 나왔다. 동생의 얼굴에서 아버지의 얼굴이 보였다. 동생의 차를 타고 엄마에게로 갔다.

미자는 맨해튼을 연상시키는 지역을 지나 자신이 떠나온 그 시절 그대로 남아 있는 동네에 도착했다. 단층건물에 만두가게가 있었다. 붉은 간판에 흰색 글씨로 '미자네 만두가게'라고 쓰여 있었다. 동생이 모락모락 김이 나는 솥에서 만두를 쪄 접시에 내어 왔다. 식지 않은 만두를 한입 베어 물고 유리문 넘어 내비치는 햇살에 잠시 눈을 찡그렸다.

그늘진 실내로 고개를 돌리니, 거울에 만두를 입에 문 얼굴이 비쳤다. 그리고 그 옆에 사진이 걸려 있었다. 미자의 노후 모습을 보여 주는 애플리케이션을 이용한 사진 같았다. 그녀의 엄마 사진이었다. 엄마 얼굴을 보며 만두를 욱여넣었다. 엄마의 죽음은 미자의 삶을 비켜 가 다시 추억 속으로 들어갔다. 그리워할 대상이 있다면 그리워하자.

에필로그

거칠고 메마른 땅에도 사랑은 싹튼다

여덟 명의 입양인이 한국에서, 프랑스에서 겪은 경험들을 기반으로 각색하였습니다. 성공한 입양인, 억울한 입양인, 마음 아픈 친부모 등 다양한 시각으로 바라본 그들의 이야기는 단순히 개인사에 그치는 것이 아니라 역사와 제도와 얽혀 있습니다.

가해자와 피해자의 대립 구도로 극적이고 자극적인 이야기로 사람들의 시선을 끌고 싶지 않습니다. 범죄자는 없는데 피해자가 가득한 이 제도에 대해 사람들이 다시 한 번 생각해 보았으면 하는 마음에 이 글을 쓰게 되었습니다. 기승전은 있는데 결은 없습니다. 결은 만들어 나가야 하겠죠.

아이는 항변하지 못합니다. 아이는 아플 뿐입니다. 모두의 관심으로 제도가 다듬어져 아이들이 성인이 될 때까지 사랑받으며 자랄 수 있길 바랍니다. 요즘은 통역과 번역이 스마트폰으로 가능해져 친부모를 찾으러 온 입양인들이 통역봉사자가 나타날 때까지 애를 태우는 일은 없어졌습니다. 문명의 고마운 혜택이죠. 그러나 문화적 간극과 복잡한 감정으로 이해해야 하는 것은 인간의 몫인 듯합니다.

P.S.

정 목사는 첫 번째 부인과의 사이에서 아들 하나, 딸 둘을 낳아 딸 둘을 프랑스로 입양 보내고 재혼을 하여 네 명의 자녀를 더 낳았다.

2010년 나는 프랑스 보르도에 살고 있는 순희와 순정 씨로부터 한국에 있는 오빠 요셉(세례명) 씨의 연락처를 받았다. 요셉 씨는 프랑스어로 말하고 쓸 수 있었다. 동생들과 소통하기 위해 긴 세월 프랑스어를 독학한 것이다. 그러나 어느 누구도 쉽사리 프랑스로 가거나 한국으로 와서 만날 경제적 형편이 안 되었다.

2018년 카페에서 아르바이트를 하여 순희 씨가 돈을 모아 한국에 도착했으나, 나는 오빠 요셉의 자살 소식을 전해야만 했다. 요셉 씨는 어떤 마음으로 프랑스어를 홀로 공부했을까. 딸을 가슴에 묻은 어머니의 마음을 달래기 위해서였을까.

2023년 3월 24일, 순희 씨를 다시 만났다. 속초에 사는 배다른 자매가 초대를 해 주어 한국에 오게 되었다고 했다.

"Je me sens à l'aise quand je viens en Corée(나는 한국에 오면 마음이 편해)."

그녀는 다시 올 기약을 했다. 모든 입양인들이 이 먼 나라로 부모를 만나러 올 수 있는 형편이 허락되는 것은 아니다. 어떤 이들은 수 년간 돈을 아끼고 모아서 온다.

돌아서 가는 순희 씨의 낭자를 틀어 올린 머리에 인사동에서 산 듯한 비녀가 꽂혀 있다. 비녀 끝에는 과한 장식이 달랑거렸다.

“나 사람들이 한국인인 줄 알고 다 한국말로 나한테 말해. 나 이제 조금 알아들어.”

“너 이거 인사동에서 샀지? 이 비녀 때문에 딱 관광객으로 보여.”

나는 농담을 던졌다.

“이 가방은 어때?”

‘사랑해 서울’이라고 한글이 박힌 영락없는 관광객 모드의 가방이다.

“하하하, 나도 파리에서는 ‘Paris’가 쓰인 티셔츠를 입으니까.”

“다시 올게.”

“같이 온 다비드(David)가 너 좋아하지?”

내가 눈을 찡긋거리며 속삭였다.

“그런 것 같아. 그런데 난 아냐. 남사친일 뿐이거든.”

“좋은 사람 같아. 잘해 봐.”

그녀가 빙긋이 웃는다. 거칠고 갈라진 메마른 땅에도 언제나 사랑이 싹튼다. 그래서 산 사람이 살아가는 것이다.

사랑에는 본능이 있다. 가장 연약한 벌레가 그 꺾이지 않는 의지로 그 무엇도 두려워하지 않으며 자신의 꽃을 찾아가는 것처럼, 사랑도 언제나 마음으로의 길을 찾아낸다.

—오노레 드 발자크

L'amour a son instinct, il sait trouver le chemin du cœur comme le plus faible insecte marche à sa fleur avec une irrésistible volonté qui ne s'épouvante de rien.

— Honoré de Balzac

뿌리를 찾으러 온 여덟 명의 입양인 이야기

나는 거꾸로 된 나무입니다

초판 1쇄 인쇄일 2023년 08월 01일
초판 1쇄 발행일 2023년 08월 10일

지은이 배진시
펴낸이 양옥매
디자인 표지혜
마케팅 송용호
교 정 김민정

펴낸곳 도서출판 책과나무
출판등록 제2012-000376
주소 서울특별시 마포구 방울내로 79 이노빌딩 302호
대표전화 02.372.1537 팩스 02.372.1538
이메일 booknamu2007@naver.com
홈페이지 www.booknamu.com
ISBN 979-11-6752-348-8 (03810)

* 저작권법에 의해 보호를 받는 저작물이므로 저자와 출판사의 동의 없이 내용의 일부를 인용하거나 발췌하는 것을 금합니다.

* 파손된 책은 구입처에서 교환해 드립니다.

* 이 도서는 한국출판문화산업진흥원의 '2023년 중소출판사 출판콘텐츠 창작 지원 사업'의 일환으로 국민체육진흥기금을 지원받아 제작되었습니다.